角川春樹事務所

目次

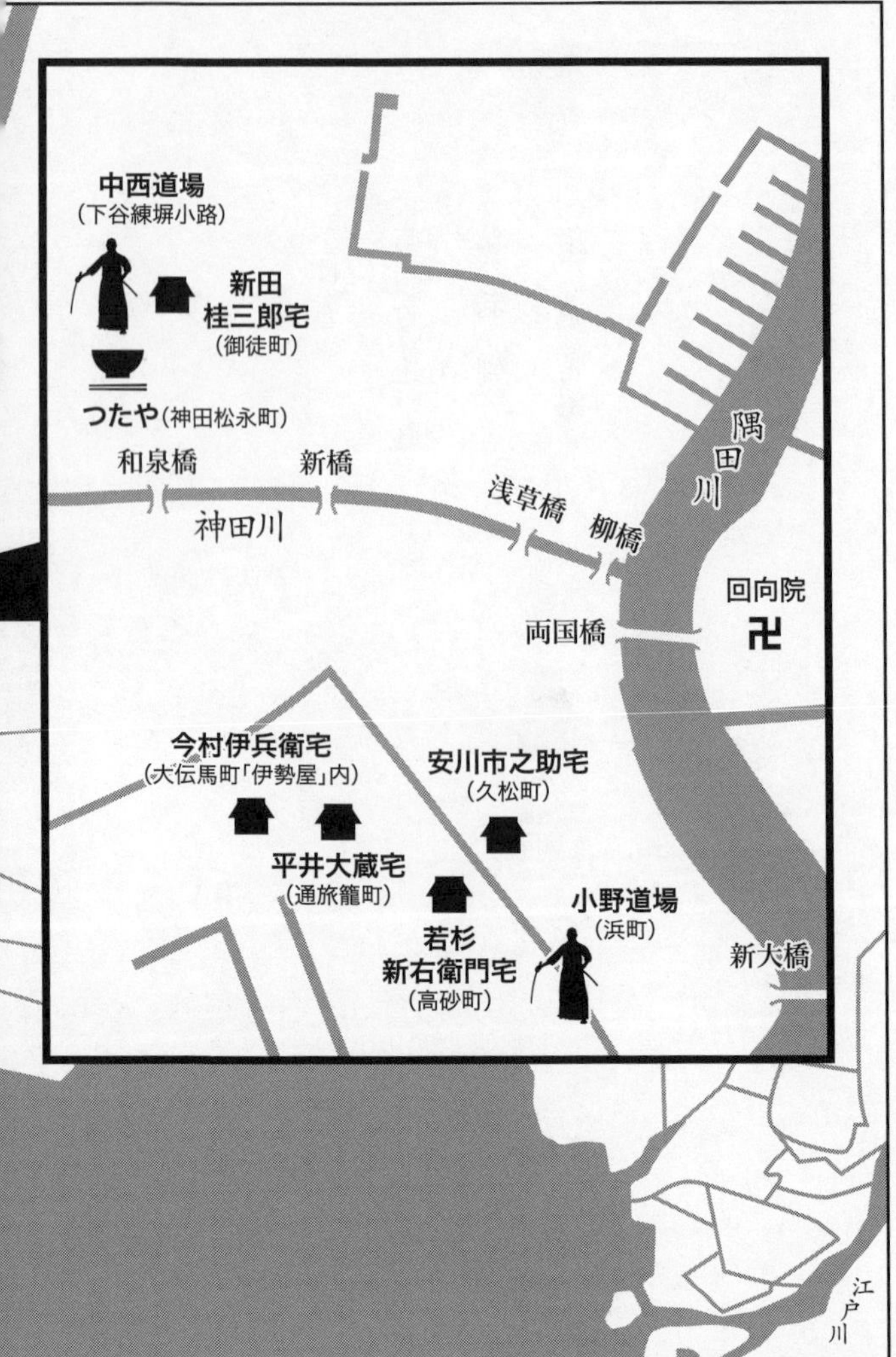

中西道場
（下谷練塀小路）
新田
桂三郎宅
（御徒町）
つたや（神田松永町）
和泉橋
新橋
神田川
浅草橋
柳橋
隅田川
回向院
卍
両国橋
今村伊兵衛宅
（大伝馬町「伊勢屋」内）
安川市之助宅
（久松町）
平井大蔵宅
（通旅籠町）
若杉
新右衛門宅
（高砂町）
小野道場
（浜町）
新大橋
江戸川

「熱血一刀流」地図
吉原
寛永寺
不忍池
弁天堂
浅草
浅草寺
正覚寺
江戸川
小石川
湯島天神
上野
蔵前
神田川
神田明神
神楽坂
牛込御門
神田
浅草御門
両国橋
市谷
田安御門
番町
日本橋
新大橋
四ッ谷御門
江戸城
日本橋
隅田川
赤坂御門
桜田御門
京橋
八丁堀
永代橋
赤坂
深
日吉山王大権現社
虎之御門
芝
麻布
増上寺
北
西
東
南

主な人物紹介

中西忠太

豊前中津藩・奥平家の江戸表で剣術指南を務める、小野派一刀流の遣い手。小野道場を破門された五人と息子を門人に、一刀流中西道場を立ち上げる。

中西道場の門人たち

中西忠蔵

忠太の息子。小野派一刀流の道場に通っていたが、父親が立ち上げた道場に移った。

安川市之助

母・美津と二人暮らし。剣術での仕官を目指し、剣の才能に恵まれながらも、忠太に中西道場を破門されたが、再入門を許された。

新田桂三郎

幕府の走衆を父に持つ三男坊。代々が武官の家であるため、自身も剣客を目指す。

若杉新右衛門

元々は八王子の郷士の息子。親許を離れて、江戸へ剣術修行に来ている。

平井大蔵

通旅籠町の医者の次男。男伊達を気取って喧嘩に明け暮れ、勘当されそうになり剣術を目指す。

今村伊兵衛

大伝馬町の木綿問屋の次男。祖先が武士だったことから、剣客を目指す。

希望

熱血一刀流 三

第一話　迷い道

一

青葉繁れる春の道は、若者達によく似合う。

ましてや心の内に必ずや成し遂げねばならぬ一事を抱え、それに向かってひたすらに突き進まんとする剣士達となれば、尚さらである。

下谷から和泉橋を颯爽と渡る六人――。

中西忠蔵、安川市之助、新田桂三郎、若杉新右衛門、平井大蔵、今村伊兵衛。

練塀小路に剣術道場を構える、小野派一刀流・中西忠太の門人達である。

紆余曲折を経て、小野派一刀流総本山である浜町の小野道場から、中西道場へ移った六人であった。

父・忠太に従い入門し直した忠蔵の他は、荒くれゆえの不行跡によって破門された曰く付きであるが、皆一様に同じ望みと決意を胸に、日々厳しい稽古に励んでいる。

希望と、それを達成せんとする決意。

この二つほど、若者を輝かせるものはない。

だがその輝きは、時に自分の目さえ眩(くら)ませてしまい、一瞬前が見えなくなり行く先を見失ってしまう。

そういう危うさを常に持ち合わせているのもまた若者なのであろう。

もちろんその危うさがない若者など、何もおもしろくはないのだが、この六人はそういう意味ではおもしろ過ぎる。

六人は今、中西道場での稽古を昼過ぎに終えて、大伝馬町(おおでんまちょう)の木綿問屋(もめんどんや)〝伊勢屋(いせや)〟へ向かっている。

〝伊勢屋〟は今村伊兵衛の生家である。

彼の先祖は武家で、それゆえ店の主(あるじ)で実父の住蔵(じゅうぞう)は大の武芸好きときている。そしてそれが高じて次子である伊兵衛を今村家の養子にしたという事情は、これまでも度々述べた。

今村家というとご大層だが、〝伊勢屋〟に出入りしていた書役(かきやく)の浪人がそれで、伊兵衛は今も店に隣接する小体な浪宅で暮らしている。

そしてここの十畳あろうかという板間が、六人の溜(たま)り場となっていた。

この場所については、師である中西忠太と、伊勢屋住蔵公認である。

忠太は厳しい稽古を六人に強いたが、だらだらと長く稽古を続けることを嫌った。

もちろん、長丁場闘わねばならぬ有事を想定して、気力体力を続かせる稽古をも課してはいるが、三日猛稽古を続けると、四日目は昼前後にあっさりと稽古を終えてしまう。

そしてその日を、さらなる防具改良の日にあてさせていたのである。

小野派一刀流中西道場は、〝道具着用による四つ割竹刀での打ち込み稽古〟を導入していた。

型や組太刀ばかりでは、実際に斬り合った時に役立つまい。

相手の体に自分の一刀を当ててこそ、間合の取り方、攻めも防御も身に付くものだと中西忠太は信じている。

とはいえ木太刀などで直に立合えば、体がいくつあっても足りない。

それゆえ防具が求められるのだ。

既に約四十年前から〝ながぬま〟と呼ばれる防具を、直心影流は考案し稽古で使用している。

忠太は直心影流総帥・長沼四郎左衛門の厚意によって、独自の防具開発に着手していた。

これには生来手先が器用である忠蔵が中心となってあたってきた。面を守る靭、小手を守る袍は、伊勢屋住蔵の援助を得て完成したが、まだまだ改良の余地が残っている。

六人は新たな工夫を重ねるべく、伊兵衛の浪宅で集まるようになったというわけだ。ここなら、伊勢屋から材料である綿や皮革がすぐに仕入れられるので、何かと都合がよい。

住蔵は武芸好きゆえ、中西道場の道具造りに参加出来ることが嬉しくてならないので、気がねがいらなかった。

とはいえ、荒くれの六人がこんなところでたむろすると、危なっかしくて仕方がない。それは忠太とてわかっているのだが、六人は誰にも負けぬほどの猛稽古に堪えているのだ。

その辺をうろついている不良達とはわけが違う。

時には鬼の師範の目が届かぬところで、忠太への恨みつらみを語り合い、結束を固め合うのも大事だと心得ていた。

伊兵衛宅のこの板間は、一組での立合くらいなら出来る広さがある。

道場から離れて、自分達だけで稽古中の技について考えることも可能だ。

忠太の目から見て、弟子達はこのところ技に対する理解が深まっている。

それもまた、こういう一時がよい刺激になっているからだと思うのだ。

「さて、今日は何から始める？」

道具の改良については、忠蔵が仕切っている。

六人は師から言われたように、靱と袍を前に置いて、まず意見を出し合う。

「袍の布団が、もう少し短かくてもいいのではないか」

市之助が言った。

「うむ、おれもそう思っていたよ。肘近くまであると、動き辛いな」

新右衛門が続けた。こういう時の彼の蘊蓄はなかなかのもので、

「それから、拳の綿はもう少しばかり詰めた方がよくないか。打ち込み稽古の時に強く打たれると拳が腫れちまうよ。靱の天辺も厚くした方がいいなあ。脳天を打たれるとくらくらするからな」

という具合だ。

「靱を厚くするのは、おれも願いたいね……」

伊兵衛がこれに同意した。

「おれは背が低いから、脳天を叩（たた）かれてばかりだ」

「そうかねえ……」

だが、六人の想（おも）いがひとつになるとは限らない。

「詰め物を多くすると、道具が大きくなって、動き辛くならねえか？」

桂三郎が異を唱えた。

「お前は背が高いからそんなことが言えるんだよ」

新右衛門が口を尖（とが）らせた。

「そもそも袍にしたって桂三郎の打ちが誰よりも痛いんだよ」

「それは確かだな。桂三郎は力まかせに打つから性質（たち）が悪いぜ」

市之助が相槌（あいづち）を打つ。

「いや、おれは力まかせには打っていねえよ。道具を着けているのだから、しっかりと打つ癖（くせ）をつけろと先生がだなあ……」

桂三郎がむきになるのを忠蔵が宥（なだ）めるように、

「何も皆同じ道具を着けなくてもいいではないか」

笑ってみせた。

自分達で拵（こしら）えるのだから、道具もそれぞれの好みで工夫を凝らせばよいのだ。

「なるほど、そうだったな」

市之助が失笑して一同は頷き合ったものだが、

「つまりは、狙ったところにきっちりと打つことができたら、そこだけ強くしとけばいいってことなのだな……」

大蔵だけは、しかつめらしい顔をしてみせた。

「おれは仕合の折、藤川殿に小手を食らったが、〝ここが小手だ！〟というところを見事に決められたよ」

この言葉に一同は沈黙した。

藤川殿とは、直心影流長沼道場の俊英・藤川弥司郎右衛門のことだ。

稽古に道具を着用すれば、容易に仕合が出来る。

忠太はまずその感覚を味わわせてやり、勝負勘を思い知り、己が剣の拙さを気付かせるために、長沼道場での仕合を実現させた。

あくまでも稽古の意味を込め、長沼四郎左衛門は、二十七歳の弥司郎右衛門一人に相手をさせた。

忠蔵始め門人達は大いに意気込んで臨んだが、弥司郎右衛門の巧みな竹刀捌きに惨敗を喫した。

仕合の折は中西道場を離れていて、見物だけに止(とどま)った市之助であったが、彼もまた藤川弥司郎右衛門の妙技を、まのあたりにしていた。

あの仕合を見た後、中西道場に復帰した市之助は、一から剣術をやり直し藤川弥司郎右衛門と互角に立合える剣士になりたいと思った。

同じ想いを持つ忠蔵達と共に、剣を極めたくなったのだ。

見事に小手を決められた大蔵は、身をもって弥司郎右衛門の剣技の妙を知った。

道具の充実も大事だが、まず自分達の剣の充実を考えるべきであろう。

大蔵は、相弟子達の会話を聞くうちに、そこに気持ちがいったのだ。

六人には、道具着用の打ち込み稽古など、

「子供の遊びにすぎぬ」

と公言している小野道場の御意見番・酒井右京亮(さかいうきょうのすけ)率いる小野派一刀流道場の若手との仕合が控えていた。

弥司郎右衛門との仕合も、すべてがその前哨戦(ぜんしょうせん)であった。

そこでの格の違いを見せつけられた衝撃は、今も心と体に生々しく蘇(よみがえ)ってくる。

彼らは六人共に、型と組太刀中心の稽古に疑問を覚えていた。

そして、実際に打ち合えば自分達よりも強い者などまずいないだろうと、心の内で自負していた。

しかし、所詮（しょせん）は喧嘩（けんか）度胸があっても、剣術の神髄にはまるで近付くことが出来ないのだと弥司郎右衛門との立合で悟った。

中西道場の当面の目標は、酒井右京亮組との仕合に勝利することである。

その意味では、弟子達にやる気と危機意識を植え付けた長沼道場との仕合は、忠太にとって大成功であったといえる。

ところが、血の気の多い若き六人組にとって、この劇薬は少しばかり効き過ぎたようだ。

あの長沼道場での興奮から十日も経（た）たぬのだ。

平常心を養い、六人が黙々と防具改良に向き合えるはずはなかったのである。

二

「では、今日は小手を守る袍の布団は、どれくらいの長さが皆それぞれにちょうど好（よ）いか考えてみよう」

忠蔵は、相弟子五人にそのように告げた。

藤川弥司郎右衛門の剣の凄（すご）みを、皆で回想したところで何にもならない。

改良作業に没頭することで、今は自分達の剣を高めねばなるまい――。

市之助達にも忠蔵の想いはよくわかる。

「そうだな、ここであれこれ言っていても埒が明かねえや」

「ああ、市さんの言う通りだ。おれは余計なことを言ったようだ」

大蔵は仕合の話を持ち出したのはいけなかったと頭を掻いて、忠蔵の指図による袍の布団を縮める作業に集中した。

皆もこれに倣ったが、小半刻(約三十分)もせぬうちに、そわそわとし始めた。

袍に向き合うと、どうしても脳裏に藤川弥司郎右衛門の、寸分も打ち損じのない鮮やかな小手打ちが浮かんでくるのである。

立合に強い剣士となって世に認められたい。そして、父亡き後自分を大事に育ててくれた母親を楽にしてあげたい――。

その想いが強い市之助は、忠蔵に従うつもりでも、心が逸って仕方がない。

こうなると忠蔵も辛くなってくる。

あの仕合の折は、忠蔵だけが中西道場の大将として、弥司郎右衛門と好勝負を繰り広げた。

しかしそれは、審判を務めた長沼活然斎が、せめて最後の一人である中西忠蔵の剣を引き出してやろうと気遣ってくれただけのことであった。

勝敗でいうなら、少なくとも三本は弥司郎右衛門に技を決められていたはずだ。

彼は上から押さえるように、下からすくい上げるように、どこからでも小手を打ってきた。

同じ技を打ちたいとは、己が意地にかけて思わぬが、彼の技を基にして、

——自分だけが打てる小手技を身につけたい。

その想いが募る。

「ああ、今日はもう止めだ……！」

忠蔵は遂に袍を投げ出して、

「伊兵衛、ここで小手打ちの稽古をしてもいいかい？」

と、問うた。

「いいも悪いも、おれも同じことを考えていましたよう」

伊兵衛はにこやかに頷いた。

それを合図に、皆一斉に袍を前に置いて、ここへ持参していた道具を袋から取り出した。

いつもより早く終ったとはいえ、今日も猛稽古で随分と体を苛めていた六人である。

どこからそんな力が湧いてくるのか不思議であるが、自分達だけで工夫をしながら、おもしろずくでする稽古は、彼らにとっては楽しい遊びに過ぎない。

自主的に行う稽古は、師範の重圧から離れているから、伸び伸びと出来る。

そこで得る物は多いのだ。

忠太もそれを期待しているのだが――。

「稽古の前に、ちょっと腹ごしらえといくか」

誰からともなくこんな声があがった。

道具の改良のための入費を忠蔵が預かっていて、それは時に彼らの胃袋に納まることもある。

そして彼らが六人で町を歩けば、どういうわけか騒動にぶち当るのは、真に困ったものであった。

伊兵衛の浪宅を出て目指すのは、柳橋の袂にある蕎麦屋〝鶴亀庵〟であった。

ここもまた六人の溜り場で、愛敬があって時には店の仕事も手伝ってくれる六人は、店の者達から好かれている。

行けば蕎麦の量を多めにしてくれたり、あれこれ気遣ってくれるから、少々足を伸ばしたとて何か食べに行くなら、ここと決めているのである。

ところが、家を出て歩き出した途端、背後から騒がしい声が聞こえてきた。

この近くには魚河岸(うおがし)がある。

威勢がよくて喧嘩早い若い魚屋達で溢(あふ)れているから、騒がしいのは日常茶飯事なのだが、今はいくつもの怒声が交じっているように思われた。

「おいおい、喧嘩が始まったようだぜ」

新右衛門が振り向きながら、楽しそうに言った。

「この辺りじゃあ、珍しいことじゃあねえよ。放(ほう)っておけばいいさ」

市之助が呆(あき)れ顔で応(こた)える。

「君子危うきに近寄らずさ」

忠蔵は構わず歩き出したが、背後から聞こえてくる怒声はますます大きくなってきた。

「おうおう、手前(てめえ)ら文句があるのかい！」

「道を塞(ふさ)いだのは手前らの方だろう！」

という一組と、

「やかましいやい！　そこをのきやがれ！」

「無理押しをしてきたのは手前らの方じゃあねえか！」

という一組。

道ですれ違いざまに、些細なことで若い連中が揉め始めたのは明らかだ。

「ああ、嫌だ嫌だ。何かってえとでかい声を出しやがるよ」

伊兵衛は顔をしかめてみせたが、

「だが、あの様子じゃあ、五人対五人てところだぜ」

「こいつは大喧嘩になるかもな」

「どれ、ちょいと見に行ってみようよ」

桂三郎、新右衛門、大蔵は、そわそわして反対の方へと歩き出す。

こうなると、六人共に好奇心が勝る。

結局ぞろぞろと連れ立って、声のする方へと歩き出した。

「やっぱり喧嘩だぜ……」

市之助は嘆息したが、どこか楽しそうである。

道浄橋の袂で、魚河岸の勇み肌が二組に分かれて睨み合っていた。

「見ろよ、おれが見た通りだな」

桂三郎が得意気に言った。

男達はちょうど五人対五人である。

初めは二、三人の揉めごとに、互いの仲間が加わってきたのであろう。

「おう！　こうなりゃあ、どっちがいけねえと言い合っていても埒が明かねえや」

「ああそのようだ。勝った方に理があるってことだなあ」

どうあっても男達は喧嘩をしないと収まらないらしい。

辺りには野次馬がたかってきたが、仮にも武士である六人が、それに交じっていることに、忠蔵は恥ずかしさを覚えてきた。

「おい、おもしろがって見ていていいのか？」

喧嘩の仲裁は時の氏神（うじがみ）である。

義を見てせざるは勇なきなり。

無責任に喧嘩を煽（あお）り、おもしろがって見ていては男がすたると忠蔵は思っている。

これに市之助がすぐに反応した。

「忠蔵の言う通りだ。互いに仲間が集まり出せば、死人が出る喧嘩になるかもしれねえや。ここは止めねえとな」

六人で止めに入れば、喧嘩もすぐに収まるであろう。

まったくその通りだと、他の四人も見物している場合ではないと頷き合って、

「野郎！」

「片ァつけてやらあ！」

今にもぶつかりそうな二組に駆け寄り、

「まずお待ちなされい！」

忠蔵が声をあげた。

「喧嘩をすれば怪我もする。ここは我らの仲裁を受けてくだされ」

市之助が続けた。

喧嘩慣れはしている。男達の気を呑み、大人しくさせる自信はあった。

しかし、いささか止めに入るのが遅過ぎたようだ。

若い六人に仲裁されて、あっさり引き下がるほど、魚河岸の若い衆は聞き分けがよくなかったのである。

出足を止められた苛々は、忠蔵達に向けられた。

「何が仲裁だ。若さんぴん！」

「えらそうな口を利くんじゃあねえや！」

「引っ込んでやがれ！」

魚河岸の者をなめるなとばかりに、怒声を返したのである。

「若さんぴん……？」

「そんなの初めて言われたぜ……」

桂三郎と新右衛門はきょとんとした。

「落ち着かれよ！　引っ込みがつかぬのはわかるが……」

「喧嘩はよくない……」

忠蔵と市之助は、思わぬ言われように腹が立ったが、ここは抑えた。

この場に六人をよく知る者がいれば、魚河岸の連中が丸く収めてくれることを祈ったであろう。

忠蔵と市之助以外の四人が気色ばんでいるのは明らかで、対立の構図が六人対魚河岸の若い衆へと変わりつつあったからだ。

喧嘩はしても同じ魚屋同士である。こんなところでは手を取り合うのかもしれない。

「喧嘩はよくねえだと？」

「おれ達にとっちゃあ三度の飯と同じようなもんよ」

「下手に止めやがったら、ただじゃあおかねえぞ」

「まず手前らから片付けてやろうか！」

両者は喧嘩を止めて、六人に絡んできたのである。

ある意味において、六人は魚河岸の若い者同士の喧嘩を止めたことになるが、何とも皮肉な展開であった。

忠蔵と市之助は、しかめっ面で頷き合った。

自分達はここまで礼を尽くし、正義の行いをせんとした。

それを嘲笑うかのように、暴言を吐いてきたのは、喧嘩にとり憑かれたこの馬鹿者共であった。

どうせ喧嘩を止めぬというなら、両者共に叩き伏せてやろうではないか——。

二人はその意思を確かめ合ったのだ。

喧嘩を売るなら買ってやる——。

他の四人もニヤリと笑った。

「手前らから片付けてやろうたぁ、おれ達に言っているのかい……?」

市之助が遂に口火を切った。

地獄のような稽古に堪えている安川市之助である。

凄みの強さは格段に上がっている。

思わず魚河岸組は気圧された。

だが気圧されたことで、さらに意地になり、

「だからよう、若さんぴんは引っ込んでいろと……」

一人が言いかけたが、それが言い終らぬうちにその場に伸びていた。

いつものごとく、口より手が先に出る桂三郎の蹴りが、その顔面を捉えていたのだ。

相変わらずこの若者は喧嘩っ早い。

「馬鹿野郎！　なめるんじゃあねえや！」

桂三郎はすかさず横にいた一人に鉄拳を見舞う。

「どうした！　片付けてみやがれ！」

既に新右衛門も一人を殴りつけていた。

「人の親切を無にしやがって！」

市之助の怒りは収まらない。右へ左へと体を動かし暴れ回る。

忠蔵は、一時中西道場から離れていた市之助と久しぶりに暴れるのが楽しくて、終始にこやかに相手を蹴散らした。

大蔵と伊兵衛も生き生きとしている。

自分達がさらに強くなり体力がついたことが、この喧嘩で実感出来たからだ。

六人は、魚河岸の若い衆を十人相手にして、まるで怯まず、見物の衆を大いに唸らせたのである。

「まあ、喧嘩を見ていた連中が、うちの弟子達には非がないと、口を揃えて言ってくれたので大事には至らなんだが、まったく困ったものだ」

三

その夜。

中西忠太は、神田松永町の一膳飯屋〝つたや〟に一人でやって来て、女将のお辰相手に一杯やっていた。

かつては、息子の忠蔵、奉公人の松造と三人で三食をこの店でまかなっていたのだが、このところは、朝餉は松造が用意して、父子は別々に食し、昼も夕も三人が揃うことは滅多になかった。

忠蔵は息子の立場ではなく内弟子となったわけであるから、他の門人の手前もあり、稽古場以外ではあまり顔を合わさぬようにしていたのである。

ゆえに、この日の喧嘩騒ぎも町役人から報せがあり、番屋に出向き六人全員に対し意見をした後、忠蔵を解放し松造に任せておいた。

魚河岸の若い衆も、忠蔵達が剣術道場に通う若い剣士であると知って、

「それじゃあ敵わねえわけだ……」

止めに入ったところで引いておくべきだったと悔んだそうな。
「そんなら是非、手打ちの場を……」
連中も元より侠気のある若者達であるから、それを望んでいるというが、
「いや、それはとんでもないことでござるよ……」
そんな宴を開けば、また調子にのって何をしでかすかわからぬのだ。
忠太は丁重に断って、弟子達をそれぞれ家に帰したのであった。
話を聞けば、忠蔵達に落ち度があるとは思えない。
自分とてその場にいれば、まず喧嘩を止めようとするだろう。
それゆえ一概に、
「喧嘩をするなどもっての外だ！」
叱ることも出来なかった。
それでも胸の内は何やら落ち着かない。
弟子達は六人で励まし合い、慰め合い、反省し合えば一時気はまぎれるであろうが、
忠太はそこに加わるわけにはいかないのだ。
上に立つ者の孤独を味わうことが、このところは増えていた。
自分を叱ってくれた親も剣の師も、とっくに亡くなっている。

小野道場にあって俊英を謳われた忠太は、周囲の期待に応えんとして日々稽古に励み、孤高を貫かざるをえなかった。

気がつくと親友といえる相弟子はなく、妻にも先立たれ、我が子は弟子となっていた。

別段、人に悩みを聞いてもらいたいとも思わないし、慰めてもらいたくもない。

だが、誰かと無駄口を叩くことで、ふっと浮かぶ智恵もある。

これまでは時折、松造に語るでもなく、自分の想いをぶつけていたが、松造はいつも聞き手に回り、あれこれ自分の意見は言わぬのが奉公人の務めと思っている節がある。それに近頃は道場の用などもさせているので忠蔵に付けていることが多い。

そうなると、無駄口を叩くところは、〝つたや〟しかないというわけだ。

「困った困ったと仰いますが、六人で魚河岸の勇み肌をのしてしまったんでしょう。大したもんじゃあありませんか」

お辰はどんな時でも物怯じすることなく、ぽんぽんと言葉を返してくるのが心地よい。

一度は酒問屋に嫁いだが、嫁いびりをする姑に腹を立て、ある日姑を布団でぐるぐる巻きにして、酒樽の中に放り込んで出て来たという。

そういう過去からも窺える(うかが)ように、お辰はさっぱりとした気性の女で、忠太もまた何ごともずけずけと話せるのでありがたい。

「馬鹿を言うな。仲裁に入ったところが、とどのつまり、その両方を相手に喧嘩したのだぞ、誉め(ほ)られたものではない」

「わたしは、人の喧嘩をおもしろがって見物を決め込む男より、止めに入る男の方が好きですねえ」

「おれも好きだ。だからよくやったと言いたくなる。それが困るのだよ」

「まあそりゃあ、先生は破落戸(ならずもの)の親方じゃありませんからねえ」

「そういうことだ。弟子達が町中で喧嘩をして十人倒したとて、何も嬉しくはない」

「売られた喧嘩といっても、ふふふ、ちょいと楽しんでいたんでしょうねえ」

「うむ、女将、好いことを言ったぞ。そうなのだ。止めに入ったら自分達が巻き込まれるかもしれぬ。弟子達は心のどこかでそれを望んでいたのに違いないのだ」

「いくら気が荒いったって、一人や二人ならどうってこともないのかもしれませんがね。六人となるとすぐに火が点(つ)いちまうんでしょうねえ」

「よりにもよって、どうしてこんなのばかりが集まったのだろう……」

「何言っているんですよう、先生が集めて、弟子にしたんでしょう」

「ふふ、そうであったな」

「かわいいじゃありませんか」

「うむ。口惜しいほどかわいい。かわいいゆえ何とかせねばならぬと思うておるのだ」

「何とかって？」

「おれは奴らに剣名をあげてもらいたいのだ。その前に男伊達で名が売れてもどうにもならぬ」

「むつかしいですねえ……」

お辰は話し疲れて溜息をついた。

結局、話はそこに落ち着く。

忠太は、忠蔵も含めて六人の弟子には、それぞれ利かぬ気と、反骨心が備っているゆえに、己が目標とする実戦的な剣術を共に造りあげられると見込んだ。

この六人なら猛稽古をものともせず、高みに向かって進んでくれるであろうと。

だが、そのような気性は、ともすれば喧嘩口論で大成する前に身を滅ぼしてしまう危うさを孕んでいる。

真面目に暮らし、大人の言うことに従う模範的な剣士になれと言うつもりは毛頭ない。

とはいうものの、堪え性がなく、何かというと腹を立てて、己が正義を無理押しする若者になってもらっては困る。

六人をそれぞれ強くしてやるだけでなく、

「まず、おれも若い頃は、すぐに頭に血が上り何かというと暴れ回っていたものだ……」

などと笑い話に出来る大人にしてやらねばならない。

それが師としての役目だと、この熱血漢は思っているのだ。

——おもしろい先生だ。

お辰は忠太に酒を注いでやりながら、ふっと笑った。

弟子達のことを想い、考えれば考えるほどに、中西忠太は子供のような目になっていくのだ。

「ふふふ、誰も彼もが、力があり余っているようで……」

そんな忠太をからかうようにお辰が言った。

「皆さん、どんな暮らしを送っているのでしょうねえ」

「どんな暮らし……？」

忠太はその言葉にじっと考え込んで、

「なるほど、日頃の暮らしを見つめ直した方がよいかもしれぬな。うむ、女将、そなたはいつもおもしろいことを言ってくれるな。うむ、だからこの店はよい……」

やがて何か思うところがあったのか、高らかに笑った。

――気に入ってくれるのはありがたいけど、これでこっちも相手をするのは疲れるんですよう。

後は一人で飲んで、あれこれ好きなように考えを巡らせてくれたらよいのだ。

お辰はそっと席を離れた。

四

師弟共に迷走を続ける新興道場もあれば、安定安泰に余念がない名門道場もある。

その頃。浜町の小野道場では、当代の小野次郎右衛門忠喜が、型稽古に励んでいた。

柳生家と共に代々徳川将軍家剣術指南役を務める小野家は、旗本八百石にして、名だたる小野派一刀流の宗家である。

その当主となれば、剣術界においては相当の名士であるが、次郎右衛門忠喜はまだほんの若年であった。

中西道場に例えると、今村伊兵衛と同じ年恰好である。

中西忠太の師・小野次郎右衛門忠一が没して十四年になるが、忠一は彼にとって曽祖父にあたる。

忠一の息・忠久は早世。

忠久の息・忠方は三年前に逝去。

小野家にとってこの十四年は、不幸続きであったという他はない。

当然のごとく、忠喜にかかる周囲の期待は大きい。

一日も早く小野派一刀流総師範に相応しい剣客にならねばならぬ運命に彼は置かれていた。

忠一存命の折は、袋竹刀による立合は時として行われてきた。

だがその危険な稽古は、名人と謳われる忠一の立会なくては出来なかった。

その後、忠方までも亡くなったとなれば、小野道場において立合が行われることはなくなった。

もちろん剣を探究するあまり、密かにそれを行う者もいた。

中西道場の安川市之助達もそれをしでかしたのが騒動となって、小野道場を破門されたのだ。

小野道場が、型、組太刀に主眼を置くのは、若年の当代次郎右衛門に、危険が降りかからぬようにするためでもあろう。

彼が型、組太刀をしっかりと修めれば、小野派一刀流の継承は約束される。何よりも忠喜が立合で怪我をしてはならぬのだ。

小野道場は将軍家指南役を務める者が師範であるという特殊な事情がある。

ことさらに立合稽古を組み込まぬのにはそれなりの理由があるのだ。

小野派一刀流において忠喜の後見をする者達は、彼が立合に興をそそられぬようにしていた。

中西忠太の悲哀(ひあい)はそこにある。

時に仕合をすることの必要性を説く忠太は、小野派一刀流の本筋から次第に外されるようになった。

忠太の師・忠一の曽孫となれば、忠太との縁も遠くなる。

小野派一刀流の師範達は実力派の忠太を遠ざけ、忠喜をしっかりと手の内に取り込んだのだ。

とはいえ、彼らの考え方、言い分が間違っているわけではない。

現在、当代・次郎右衛門忠喜の型、組太刀の術の腕前は、同じ年恰好であっても、今村伊兵衛とは比べようもないほど洗練されている。

生まれた時からの剣士である。

当主の自覚をもって、忠喜はひたすら稽古に励みながら日々暮らしていた。

その精進には昼も夜もなかった。

この日も型を終えると、組太刀の稽古となった。相手は有田十兵衛が務めた。

有田は小野道場の師範代で、中西忠太とは相弟子の間柄、数少ない剣友である。

といっても、特に忠太と仲がよいわけではない。

長いものには巻かれるしかないと、小野道場の中で生きる有田にとっては、小野派一刀流の高弟として、己が道場を構えることを許されている忠太が羨ましい。

ところが、忠太はこともあろうに、素行不良で自分が破門にした安川市之助達五人を拾い集めて己が門人とした。

その上に、小野道場の方針に逆って、竹刀と道具を使用して打ち込み稽古を導入し、他流との立合稽古にまで臨んだ。

小野道場の御意見番である酒井右京亮とはことごとく対立していて、今年の暮れか来年正月に、酒井派と中西派で仕合をして、いずれの剣術が正しいか、白黒はっきりさせようという約定まで交わしてしまった。

有田にとっては真に迷惑な話であった。

相弟子であったというだけで、

「中西忠太はどういたしておる？」

何かというと右京亮に問われるからだ。

有田はその都度、様子を見に練塀小路へ出向き、忠太には、

「これは浜町から間者が参ったわ」

と、からかわれるから堪らない。

それでも、かつて共に血と汗を流して稽古に励んだ間柄とは不思議なもので、迷惑な剣友と思ってみても、有田は忠太が目指す剣がわからぬではない。

「もう少し小野道場と上手く付合え……」

と窘めつつも、忠太が四十を過ぎて尚持ち続ける青くささに憧れさえ抱く時がある。

小野道場の中で隠然たる力を持つ右京亮に用を頼まれることも、有田十兵衛にとって悪い話ではなかった。

若年の当主・次郎右衛門忠喜の養育に関わる役目からは外れていたが、右京亮も用ばかり言いつけているので気が引けるのであろうか。

この日のように、

「そなた、若先生の組太刀の御相手を務めてはくれぬか」

と、頼まれることも増えた。

右京亮はこのところ、毎日のように忠喜を訪ねている。今も、忠喜と有田の組太刀を見つめていた。

竹刀と道具を着用しての稽古などは、

「子供の遊び」

と言い放ち、仕合稽古には常に否定的な態度をとってきた右京亮であったが、中西忠太との剣術を巡っての論争から、

「このおれが働きかけて、二十歳(はたち)にならぬ門人との仕合をさせてやろう……」

腹立ちまぎれにこんな約束を交わしてしまったのは不覚であった。

これは小野道場と、分派した中西道場の仕合となる。

いくら御意見番とはいえ専横の振舞ではないかと、忠喜の周辺からは酒井右京亮の存在意義を問う声もあがっていた。

中西道場にしてみれば、たとえこの仕合に負けたとて、

「本家の教えを賜り、恐縮にござりまする」

と、畏(おそ)れ入れば恰好がつく。

しかし、本家道場の二十未満の弟子が、一度は破門にした出来損いに後れをとれば、

右京亮はもう二度と小野道場に出入り出来なくなるであろう。

それゆえ、あれこれと中西道場の力を弱めるように細工をしてきた。

ところが、中西忠太はその妨害をものともせずに直心影流・長沼道場との仕合を成立させた。

右京亮の目からは、

「お手並拝見」

というところだが、まさか自分が長沼道場に足を運んで見届けることも出来ず、有田に相弟子の誼(よし)みで観覧してくるよう密命を託していた。

その結果は、中西道場の惨敗であったことが、有田によって伝えられた。

他からもその様子が伝わってきたので、右京亮は狂喜した。

心の内では不安を抱えていただけに、忠喜にもこの事実を得意気に伝えたものだ。

「小野派一刀流の極意は、竹刀で道具を叩き合うようなものではござりませぬぞ。やがて某(それがし)が思い知らせてやりましょう」

さも自分が、立合稽古を望む門人に警鐘を鳴らすために、中西道場との仕合を受けてやったと言わんばかりであった。

「十兵衛殿、御苦労であったな……」

やがて忠喜が組太刀を終えると、右京亮は有田を労い、

「いやいや、組太刀に早や風格が出て参りましたぞ。この右京亮には、もはや何も言うべきものはござりませぬ」

と、忠喜を誉めそやした。

忠喜はおだてられて調子に乗らぬ分別を持ち合わせている。その言葉に嬉しそうな顔はせず、

「わたしはただ、小野派一刀流の極意を早く身に付けたいだけでござるが、中西忠太殿ほどの人が、おかしな稽古に気をとられるのには、それはそれで理由があるのでしょう」

酒井右京亮と中西忠太の対立を憂えるように応えた。

忠喜は子供の頃から忠太の実力に触れている。

出来ることならば、もっと小野道場にも顔を出してもらい、まだ年若の自分を助けてくれることを素直に願っていた。

「左様でござりますな……」

右京亮は深く相槌を打った。

彼は満足であった。

忠喜が、彼なりに中西忠太の剣術が異端であると理解しているからだ。

そして若き道統継承者は、型、組太刀の稽古を怠ることなく、ますます精度を上げんと努力している。

そこには、徒(いたず)らに仕合で剣の優劣をつけんと考える思考の入り込む余地はない。

それは何よりも彼が望んでいたことなのである。

「まず、中西のことは某にお任せくだされ。きっと目を覚まさせてみせましょう」

「頼みます……」

右京亮と忠喜のやり取りを見ながら、有田は複雑な想いにかられていた。

右京亮は忠喜の心を摑(つか)んだ上で、さらなる圧力を中西道場にかけてやろうと企(たくら)んでいるのに違いない。

だが、有田は忠喜にはわからせてやりたかった。

道具着用による竹刀打ち込み稽古の凄(すさま)じさを。

酒井右京亮はそれを、

「子供の遊びじゃ」

と吐き捨てているがとんでもないことだ。

有田は中西道場の門人達が、手もなく長沼道場の俊英・藤川弥司郎右衛門に退けられたのを見たが、その敗北は明日に繋がるものであった。

直心影流の真似ごとをしたとて、そんな付け焼き刃が剣術で通用するはずもない。

こうなれば今年の暮れにでも、小野道場の若手精鋭を集め、一気に決着をつけてやると右京亮は考えているようだ。

小野道場の若手の中には、現在武者修行に出ている遣い手も数人いる。

そのうちの二人も呼び戻せば、あっさりと片がつくであろうと――。

だが、有田の目から見て中西道場の荒くれ達は、確実に力をつけている。

あの日の仕合を見ていない右京亮は仕合当日になって慌てるであろう。そして今は、中西道場の門人達の惨敗の事実だけを知り、高を括っていればよいのだ。有田にそこまで報せる義務はない。

――さりながら、惜しい。

小野次郎右衛門忠喜は、素晴らしい素質を持ち合せていて、稽古熱心である。

今から型、組太刀だけではなく、実戦を想定した立合をこなしていけば、真の剣豪となろうものを。

あの仕合を観て以来、有田十兵衛は迷惑な相弟子が、いかに新たな一刀流を切り拓いていくのか気になって仕方がなかったのである。

五

中西忠蔵は、門人達の中にあって誰よりも恵まれた境遇にあった。

父・忠太とは父子ではなく師弟の間柄となっても、内弟子として道場に起居している。

四日に一度やってくる、相弟子達との道具改良の集まりを楽しみつつ、常の三日は他の弟子達が稽古場を出た後も、稽古場で一人、型の稽古、素振り、技の考案が出来た。

時に相弟子達と共に騒ぎは起こすが、剣士としてやるだけのことは精一杯果す。

――おれの若い頃よりも、しっかりしているのではないか。

忠太もその点については感心している。

この日も、型、組太刀、打ち込み稽古、立合による地稽古など、なかなかに厳しい稽古が中西道場では行われた。

昨日は魚河岸の連中と大喧嘩をしたので、足腰立たぬほどにしごかれるかと思ったが、忠太はそのことについては何も言わず、いつも通りに指南して稽古を終えた。

そして、頃合を見計らって、忠蔵は〝つたや〟で食事をすませると、中西家の雑用を松造とこなし、また一人で稽古を始めていた。

しかし、彼はどうも忠太の様子が気になっていた。

番屋で喧嘩の事情を説明した時は、周りの手前もあり、鬼の形相で弟子達を叱りつけ、町役人を恐縮させた。

「いやいや、お弟子は決して非道を働いたわけではございませぬ」

忠太が閻魔(えんま)を演じれば町の者達は震えあがり、その眷族(けんぞく)が地獄の苦しみを与えられるのではないかと気遣うであろう。

自(おの)ずとことが荒立たぬものだ。

こういうことには慣れているから、この辺りの呼吸を忠太も弟子達も心得ている。

「勇気を出して仲裁に入ったというのに、面罵(めんば)されてはおられぬ。どの道喧嘩は避けられなかったのなら、喧嘩は両成敗。両者共に思い知らせてやればよいのだ」

その後、弟子達を道場に集めた忠太は、その日の喧嘩に理解を示した上で、

「だが、お前達は喧嘩を止めるつもりで仲裁に入ったのではのうて、喧嘩の肩代わりをしてやろうと端(はな)から考えていた節がある。そこを悔い改めよ」

と釘(くぎ)を刺した。

厳しく叱られるかと思っていた六人は、ほっと胸を撫（な）でおろしたのだが、

――いささか諦（あきら）めの境地か。

忠蔵は、忠太と長く暮らしているだけに、それがわかる。

好戦的な弟子達を憂えつつ、そこに真の剣士の素養があると考えている忠太である。

いちいち叱りつけていては互いに疲れるだけであるから何かよい策はないものかと考えているのではなかろうか。

この日の稽古でも、いつもより口数が少なく、見所（けんじょ）に座り、右の手の平で何度も顔を撫でていた。

話に熱が入ったり、何かを熟考している時に見せる忠太の癖である。

――また、思いつきで走り回るようなことにならねばよいが。

忠蔵は型の稽古で木太刀を揮（ふる）いつつ、その想いからなかなか脱することが出来なかった。

父が息子を案じるように、息子も弟子の立場とはいえ、父を案じるものだ。

忠太の熱血は時として度が過ぎる。

安川市之助達と同じように、忠蔵の体内には荒武者の血が流れている。

だが六人の中で絶えず冷静な目を一方で持ち続けているのは、父親の熱情に子供の

頃から気圧されていたからに他ならない。

自分がこうすれば、次に父がこう出る——。

その成り行きが、苦痛を伴って予想出来るだけに、子として身を守る智恵がついてしまったといえる。

「えいッ！」

忠蔵は邪念を断ち切るように一刀を振った。

「励んでおるな……」

そこへ忠太がやって来た。

——現れるような気がした。

忠蔵は、やはり忠太が何か企んでいると察しつつ、

「うるそうございましたか……」

威儀を正した。

「いや、お前にちと訊(たず)ねておきたいことがあってな」

「はい」

座ろうとする忠蔵を、

「そのままでよい。大したことでもない」

忠太は制して、

「お前は今、自分はどうあるべきだと考えている?」

と、問うた。

忠蔵は背中に冷たいものを覚えた。

忠太の暴走は、こういう何気ない言葉から始まるのが常なのだ。

「どうと申されましても……。来たるべき酒井先生の組との決戦に勝つために、ひたすら修練を積むべきであると……」

「それだけか」

「今のところは」

「その想いが、お前にあり余る力を与えてくれているわけだな」

「あり余る力?」

「おれは、長ったるい稽古は好まぬが、それでもなかなかに厳しいものだとは思う」

「はい、毎度三度は死にそうに……」

「三度?」

「いえ、一度は死にそうになります」

「二度くらいにしておこう」

「ありがとうございます」

「それくらい苦しい稽古をこなして尚、お前はこうして暇を見つけては木太刀を振っている。町中で大喧嘩をする力もある」

「喧嘩のことはお許しください」

「責めているのではない」

「それも、ありがとうございます」

「仕合に勝ちたいという想いが、お前にそのようなあり余る力を与えてくれているのかと申しておる」

「それは……、そうかもしれませぬ」

どこに落し穴があるかわからない。忠蔵は慎重に応えた。

「仕合に勝たねばならない。その想いを強くするのは当り前のことだが、ただやみくもに体を動かしているだけでは埒が明かぬ。そう思わぬか」

「心を鍛えよと?」

「それも大事だが、おれは酒井右京亮がいかにも言いそうな、抹香くさいことは言いとうない」

「わかります」

「まあ、お前達は若いのだ。力があり余るのはありがたいが、剣術馬鹿になってもいかぬと思うてな」

「なるほど……」

いったい何が言いたいのか。忠蔵は心の内で苛々としてきた。

「つまり、仕合のことばかり考えて、周りの景色が見えなくなると、人として駄目になり、ひいては仕合に負けてしまう……。それを父上は案じておられるのですか?」

「そうだ！　その通りだ！　お前は大した奴だな」

適当に話を合わせておけばよいと忠蔵は応えた。

忠太は我が意を得たりと、声を弾ませた。

忠蔵は戸惑って、

「いえ、いかにも父上が好みそうな言葉を並べただけでございまして……」

「恥ずかしがらずともよい。そうであった、おれは日々の暮らしを見つめ直すことが大事だと言いたかったのだ」

「それならば、見つめ直してみます」

「うむ、考えてみよ。時に、他の者達は稽古場の外ではどのような暮らしを送っているのじゃ」

「はて、わたしにはよくわかりませぬが、大方わたしと同じ想いで、日々仕合に勝つことを考えて暮らしているのではないかと……」

「左様か、周りの景色を眺めるゆとりもなくしているのであろうな。このおれでさえ、お前にあれこれ訊ねずにはおれぬのだ。親御達はいかに思うているであろうのう……」

忠太は腕組みをしつつ、右の手の平で何度か顔を撫でると、

「根を詰めるでないぞ。よいな、日々の暮らしを見つめ直すのじゃぞ」

そう言って忠蔵を残し、自室へ戻っていったのである。

「う〜む、これはまた走り廻(まわ)りそうだな……」

日々の暮らしを見つめ直せというのなら、せめて息子に心配をかけてくれるなと、忠蔵は切に願うのである。

六

その二日後。

忠蔵の不安は的中した。

師範・中西忠太は、朝は稽古場に出て弟子達にあれこれと指示を与えたが、一刻(いっとき)

（約二時間）も経たぬうちに、

「ちと出かけるゆえ、皆で稽古をするようにの。今日は立合はせずに、型と組太刀を得心するまでいたせばよい」

と告げて、後は忠蔵に任せて道場を出てしまったのだ。

この日は特に、出稽古の予定はなかったはずだ。

――となれば、何処(いずこ)へ？

何とはなしに察しがついたが、

「先生、今日は出かけると言ってたか？」

「何だ、今日こそは一本決めてやろうと思ったのによう」

ざわつく相弟子達にそのことは言えずにいた。

恐らく、いや十中八九、中西忠太は弟子達の家を訪ねて廻るつもりなのであろう。

それを伝えれば騒ぎになるだけだ。

困り者の父、荒くれの剣友。

忠蔵にとってはいずれも大事な存在だが、この間に立つ身は、これでなかなかに大変なのである。

それにしても忠太は息子に、いとも容易(たやす)く行動を読まれてしまう。

忠蔵の予想通り、彼は弟子達の家を訪問していた。

昨日、松造を使いにやり、

「御子息には御内聞に願いまする」

と断りを入れ、各家の都合を確かめてから、順に回ろうというのだ。

その際、各家の者達が、

「また何かしでかしたのか」

と案じぬように、時には親御と会って何か要望があれば承ろうという節で会っておきたいのだと言わせたのである。

これを聞くと、親達は何れも悪い気はしない。

剣術道場に倅を預けたのだ。煮て食おうが焼いて食おうが、随意に願いたいと言うべきなのであろうが、師範の方からわざわざ問い合わせがあるのは珍しいことだ。

子供に内緒でそっと訪ねてくれるのも気楽でよかった。

忠太はこの訪問で、弟子達は忠蔵が見た通り、家へ帰ってからも剣術の稽古に没頭していると知ることになる。

まず忠太は、大伝馬町の木綿問屋〝伊勢屋〟を訪ねた。

使いにやった松造には、いつでもお訪ねくださいと返答があった。

日頃は、伊兵衛の浪宅を道具改良の拵え場として使わせてもらっている礼を言っておかねばならなかった。

手土産に豆落雁(まめらくがん)を携え訪ねると、主の住蔵は大喜びで忠太を迎え、店の奥の広間へと請じ入れた。

住蔵にとっては、息子には内緒での訪問というのが、秘密めいていて楽しかったようである。

「先生のお蔭(かげ)で、わたしもこの歳(とし)になって生き甲斐(がい)ができましてございます」

彼は開口一番、伊兵衛のことよりも、道具作りに加わっている身を喜んでくれた。

それなりの商人ともなれば、玄人(くろうと)はだしの道楽を持っているくらいでなければならないのが旦那(だんな)道である。

しかし住蔵は芸ごとなどの道楽もなく、時折外へ出て寄合いなどで酒を飲む他はこれといって人に誇れるものはなかった。

興をそそられていたものはただひとつ、武芸であった。

これは自分の先祖が武士であったと、子供の頃から親に聞かされていたゆえであるが、家業を継ぐ身には武芸を習うこともままならなかった。

武具を鑑賞するのが好きではあったが、周りに同好の士もなく、商人が収集するには似合わないものであるから手を出せずにいた。

せめて次男坊を武士にすれば、息子にそれを買い与えることで触れていられる。伊兵衛を俄武士に仕立てたのには、そのような思惑が働いていたのも事実であった。

忠太は、稽古用の打たれて痛くない刀〝いせや〟の製作から始まり、鞁、袍の開発に資材の提供など木綿問屋の知識をもって合力してくれた住蔵に大いなる謝意を表してきた。

そして、そのひとつひとつが住蔵の喜びと変わっていたのである。

「先生のお蔭で、伊兵衛もやる気が出てきたようにございます」

住蔵が語るところによると、今村伊兵衛は稽古から帰ってくると、まず死んだようにばったりと部屋に倒れて半刻（約一時間）ばかり体を休める。

それから店の母屋へとやって来て飯を食べて一息つくと、すぐに浪宅へ戻り木太刀を振って稽古を始めるという。

親同士が懇意にしていることもあり、家も近いことから、町医者・平井光沢の息子である大蔵が時折訪ねてきて、

「部屋で小手打ちの稽古などをしているようにございます。若いというのは真にようございますな。力があり余っているようで……。あ、いや、先だってはその力が溢れ

返ったらしく、町中で大喧嘩をしたとのこと。とんだ御迷惑をかけてしまいました……」

ひとつひとつを住蔵は楽しく語り、忠太に酒を勧めたが、彼はそれを丁重に辞して、

「左様でござるか。帰ってからも剣一筋というわけで……」

忠太は喧嘩のことについては一切触れずに、

——あの伊兵衛が、帰ってからも日々稽古に励んでいるとは。

飯もしっかり食べているようだし、素振りや大蔵との稽古で疲れるのであろう、夜更かしをすることもなくなったという。

稽古場で見る伊兵衛は、どちらかというと華奢な体付きであったのが、近頃では肉が付き体は引き締まり、一回りも二回りも大きくなった感がある。

それも日頃の成果となれば言うことはない。

「いや、今日はどのような暮らしを送っているのか、それだけがわかればようござる、邪魔をいたしましたな」

忠太はそう言い置くと、すぐに〝伊勢屋〟を出て、通旅籠町へと向かった。

店のほど近くに平井光沢の医院があるのだ。

光沢は相変わらず、病人の間を行ったり来たりと忙しそうであったが、忠太の姿を

見かけるや、その処置を長男と弟子に預け、

「これは先生、先だっては倅めが、町中で暴れたと聞きまして……」

すぐに件の喧嘩の話を持ち出したが、忠太は住蔵の時と同じくこれを聞き流し、

「いや、日頃はどのように暮らしているかと思いましてな」

と訊ねた。

「ははは、お蔭を持ちまして、仕合に向けて張り切っておりまする」

住蔵と同じく、光沢も大蔵の日常を嬉しそうに語った。

その内容は伊兵衛と同じである。稽古場から帰るとまず体を休める、食べる、そこから一人で稽古を始める、時に今村伊兵衛を訪ね、技の稽古をする、そして疲れて寝る——。

ほとんどその繰り返しであるそうな。

「四日に一度は、六人揃って道具を拵えているそうですが、それがよい気休めになっていると申しております る」

「左様でございましたか……」

師範としては喜ぶべきことであろう。

町場で喧嘩したとてそれも正義感からのこと、日々の暮らしがこれならば許される

べきだ。

「いや、御用繁多の折に申し訳ございませなんだ」

忠太は詫びると、そそくさと医院を立ち去った。

高砂町の借家に住む若杉新右衛門は、親許離れて一人暮らしをしているゆえ、近所の者達にさりげなく話を聞いてみた。

それによると、毎日ほぼ同じ頃おいに近所の一膳飯屋で食事をすまし、家の裏手で勇ましく木太刀で素振りをし、時に駆け足をして汗みずくになりながら家に帰っているらしい。

そっと家を覗いてみると、殺風景な部屋の内にはほとんど調度もなく、がらんとしていて布団が敷きっ放しにしてあった。

新右衛門も、日々剣術の暮らしを送っているらしい。

忠太はそのまま安川市之助の家を訪ねたかったのだが、松造が昨日聞いたところでは、母の美津は琴の教授からの戻りが昼過ぎになるとのことで、一旦来た道を引き返す形で御徒町の新田家へ出向いた。

この日、当主の九太夫は非番で在宅であった。

七十俵五人扶持の御家人とはいえ、走衆を務める直参だけに、ここには武家の格式張ったものがあり、忠太はあまり出入りしたくなかった。

それでも、禄をはむ武家から子息を預かっているのだから、それを疎かには出来ぬ。

案内を請うと、奉公人の茂作が待ち構えていたかのように出て来て、

「これは先生……」

恭しく出迎えて案内してくれた。

茂作は下働きの者だが、三男の桂三郎の世話も兼ねている。

長兄・彦太郎は、番方武士の惣領として育てられたゆえか、家名を汚すことのないように生きてきた。

それゆえ世継ぎとしての評判は上々で、既に父・九太夫に従い見習いとして出仕し、手当も受けているという。

七十俵五人扶持であるから、新田家には彦太郎の出来次第で伸び代がある。

それだけに、乱暴者で何かと騒動を起こす三男の桂三郎を、彼は日頃から目の敵にしていた。

次男の益次郎は学問優秀で、彦太郎とは切磋琢磨しているので、自ずと桂三郎は孤立していた。

しかし、茂作だけは粗暴ではあるが、誰よりも自分にやさしく接してくれる桂三郎

を慕っていた。

「先生、桂三郎坊ちゃんが魚河岸の連中と喧嘩したことは、まだ旦那様のお耳には届いておりませんので、何卒よしなに願います……」

茂作は忠太に囁くように言った。

「案ずるな。そんな話をしに来たのではないのだ」

忠太はニヤリと笑って茂作を安心させると、九太夫との面談に及んだ。

「先生、わざわざのお運び忝うござりまする」

九太夫は思いの外上機嫌であった。

息子の剣の師が、弟子の日常を窺いに来るなど、今までなかったことであるからだ。

将軍家直参といっても軽輩の身である自分に礼を尽くしてくれる中西忠太を見直す想いであったのであろう。

「お蔭で桂三郎は、以前に比べると何やらやる気が出てきたようで、親としては喜んでおりまする」

ここでも同じであった。

桂三郎は屋敷に戻ると、食事の他は庭へ出てひたすら剣技の修練に努めているらしい。

九太夫のような番方一筋で務めてきた武士にとっては、何よりも安心出来る姿なのであろう。


「奴の目を見ればわかりまする」

悪業を糊塗（こと）せんとして武芸に励むふりをしているかどうかは、

九太夫の報せに忠太は、ひとまずほっとしたが、

「願わくは、もう少し学問の方にも身を入れてもらいとうござりまするが」

傍らに控えていた彦太郎が渋い表情を浮かべた。

「控えよ。それは我らが桂三郎を導かねばならぬことじゃ」

九太夫は彦太郎を叱りつけた。

「これは御無礼仕（つかまつ）りました……」

彦太郎は如才なく頭を下げた。

九太夫は長子の彦太郎を、何かの折には随身させて、当主の心得を授けているらしい。

「某の口からも意見しておきましょう。確かに学問もいたさねばなりますまい」

忠太はそのように応えたが、彦太郎が自分からこの言葉を引き出そうとしたのは見えている。

桂三郎のことになると、何かひとつ言わねば気がすまぬようだ。

「畏れ入りまする」

彦太郎は仰々しく低頭したが、忠太はにこやかに頷きつつ、

――気に入らぬ若造だ。

内心はおもしろくなかった。

忠太とて奥平家に宮仕えする身であるからよくわかる。何かにつけて才子面をして小細工を仕掛けてくる小役人はどこにもいるものだ。

番方は武官であるが、武を極めるよりも世渡りが求められる昨今である。

少々卑屈になっても出世をすれば勝ちであると考える者が多い。彦太郎は若くしてそういう道を歩むつもりなのであろう。

このような兄が家の主となれば、桂三郎はやり切れまい。

だが、彦太郎の言にも一理ある。

何としてでも仕合に勝たせてやりたいと思いつつ、二六時中剣術をしていても強くなるとは限らぬのだ。

なるほど、学問を課すのもよいかもしれぬ。

以前にも弟子達に〝史記〟を読ませて、気持ちを豊かにさせんとしたことがあった。

せめて新田家訪問の収穫として持ち帰ることにしよう。

そう考えて、忠太は彦太郎への不快を和ませて、

「御子息の剣の腕は見違えるほどに上達いたしましてござる。まずお任せのほどを」

ここもまた早々に切り上げて、安川市之助の母・美津を訪ねたのである。

七

久松町(ひさまつちょう)に着くと昼下がりとなっていた。

忠太が来るというので、美津も早めに琴の稽古を終えたのか、忠太が訪ねると既に家にいておとないを待っていた。

「先生、お久しぶりにございます」

恭しく頭を下げる美津の白いうなじが、忠太には眩(まぶ)しかった。

相変わらず美津は美しかった。

琴の教授で方々へ出向く彼女は、身を飾る必要に迫られていた。とはいえ師範である自分が抜きん出てはいけない。自ずとその美しさは控え目になる。それが清楚(せいそ)を引き出して、忠太には真の女の美しさとして胸に響くのである。

初めて会った時は、一人息子の市之助が己の剣に迷い、心も行いもすさんでいた頃

であり、整ったうりざね顔には憂いが含まれていた。

しかし、中西道場に復帰した今は、まず来たるべき仕合に勝つという目標も生まれ、市之助の全身から屈託が消えた。

市之助は、決して体が丈夫ではない母の重荷にならぬようにと気遣っていたが、美津にとってはひたすら剣に打ち込む息子の充実ぶりこそが元気の泉となったようだ。

彼女の表情からは憂いが消え、声も挙措動作も朗らかになっていた。

つまるところ美人は、いずれをとっても美しいのだが、明るさは後家の苦労を払拭(ふっしょく)し、若返らせる。

その点において、以前よりははるかに話し易(やす)くなった。

「先だっては色々とご迷惑を……」

彼女は魚河岸の一件を既に知っていたが、

「それは気になさらずともようござる。騒ぎを起こしたのではのうて、鎮めたのでござるゆえ……」

忠太は一笑に付して、

「倅殿は色々と廻り道をしたが、今はそれがよい方へ転じ、剣の腕を日々高めておりまするぞ」

まず美津を安堵させた。

「それならば、わたくしには何も申し上げることはございませぬ」

美津はほっと息をつくと、忠太が持参した豆落雁を押し戴き、手際よく茶を淹れた。

市之助もまた、他の弟子達と同じであった。

快眠、大食、休息、それ以外はすべて剣術で日々暮らしているらしい。

他に何かすることを考えねばならないとは思うが、今の市之助はそれでよい。

美津の顔を見れば、もう何も言えなくなった。

「この調子でよろしくお願いいたす……」

「とんでもないことでございます」

「何と……？」

「それはわたくしが申すことでございます」

「ははは、これは出過ぎましたな」

「いえ、ありがとうございます。ほほほ……」

「はははははは……」

忠太はそれからすぐに安川宅を辞した。

新田家での気分の悪さが一気に晴れたような気がした。

――ああ、おれはほんに落ち着きのない男だなあ。

弟子達が、一日中剣術に没頭しているのだ。これほどのことはないではないか。あの荒くれ不良剣士達に、素晴らしい道筋を与えたと一人で悦に入って、〝つたや〟でお辰におだててもらいながら一杯やっていればよいのだ。誰よりも自分を見つめ直さねばならぬのは師である自分だ。

苦笑いの忠太は、安川家の隣にある書店の前で立ち止まり、しばし店の中に並んでいる漢書に目をやった。

弟子達に学問をさせる前に、自分にも書を読み人生を学ぶ一時が必要なのかもしれない。

そんなことを考えていると、気持ちが落ち着いてきた。

ふと店番をしている少年と目が合った。

少年はまだ元服前の学者の子弟という風情であるが、決して裕福でないのは、着古した小袖（こそで）や袴（はかま）の色褪（いろあ）せ具合でわかる。

それでも忠太は少年に心惹（こころひ）かれた。〝清貧〟という言葉が即座に浮かんできたからだ。

少年は年恰好に似合わぬ難解な漢籍を手にして、熱心に読み耽（ふけ）っていたが、忠太に気付いて恥ずかしそうに頭を掻いた。

「これは、書見の邪魔をいたしたかな？」

にこやかに声をかけると、

「いえ、これでは店番にはならぬと思いまして。御無礼いたしました」

少年は堂々と応えた。

「なかなか難しそうな書じゃのう」

「はい。それゆえ、つい目がいってしまいました」

「続けてくだされ。某も書を求めに来たのではないのだが、そなたがあまりによい顔で書見をしているので、つい見惚(みと)れてしもうたのじゃよ」

「これは畏れ入ります。嬉しゅうございます」

少年はまるで物怯じせず、中西忠太ほどの剣客に言葉を返す。

するとそこに書店の主がやって来て、

「これは先生……」

にこやかに辞儀をした。

安川宅に何度か訪れるうち、この主人とは顔見知りになっていた。

「御苦労でしたね」

主人は少年に頰笑んでみせると、少年は深々と一礼をして、忠太に向き直り、

「ごゆるりと……」

さらりと挨拶をして奥に消えた。

忠太が呆気にとられて見送ると、主人は少しはにかみながら、

「今のは幸之助と申しまして、わたしの遠縁にあたる者でございます……」

と言った。

「左様でござるか。しっかり者にござるな」

忠太は目を細めた。

主人の話によると、彼は仁木幸之助といって、主人の親類なのだが先般両親を亡くし、ここで居候をする身だという。

子供の頃から学問優秀で、主人はその才を潰さぬように引き取ったのである。

この屋の主人は仁木惣左衛門という。親の代からの浪人で学問好き。学者を目指し独り身のままここまできたが、夢及ばず書店を開いた。

それゆえ幸之助の才を伸ばし、学者として大成させてやりたいと、少年に己が夢を傾けているのである。

「それはよいことをなされたな」

忠太は主人の惣左衛門を称えたが、

「いえ、幸之助には助けられてばかりでございます」

幸之助は漢籍が並ぶ書店で暮らせることを大いに喜び、店の手伝いに励みつつ書を読み、学問を続けている。それが惣左衛門を幸せな心地にさせているそうな。

幸之助は、衣服を与えようとしても固辞し、一切の贅沢を受けつけず、学問が出来ればそれだけで幸せである。店の手伝いをしていると、自分が惣左衛門の役に立っていると感じられて、それがさらに学問への想いを強めてくれるのだと、書の陳列、店番を楽しんでいるらしい。

「なるほど、自分を大事にしてくれている人を思い、その人の役に立つことを幸せとする。それが何よりも己が力となって返ってくる……。うむ、主殿はよい内弟子を持たれましたな」

忠太は主人の語る仁木幸之助の話に心を突き動かされて、しばし思い入れをした。

するとと何かを思いついたのか、

「某もあやかりとうござる！　御免！」

と、駆け出した。

惣左衛門は忠太の姿を目で追って、

「いつも忙しい御仁じゃな。たまには一冊、買うてはくれぬかな」

と、小さく笑った。

八

中西忠太は、弟子を導く上でひとつの答えを得た。

日射しの強さが夏の到来を思わせる時分となった今、何よりもこの熱血師範が早くも暑気を道場に漂わせていた。

各家を廻った翌日。

忠太はいつにも増して、弟子達の指南に力を入れていた。

体馴らしの後、ゆっくりと千本素振り、型、組太刀の後、道具を着けての打ち込み稽古、忠太がその後六人と立合い、道具を外して〝いせや〟による立合、それを終えると再び型、組太刀、素振り……。

すべてを終えると、もう今日は帰ってまで稽古をしたくないほどに、六人は疲れきっていた。

その六人に、忠太はここぞとばかりに件の答えをぶつけたものだ。

「既に親御から様子を聞いた者もいるであろうが、昨日、皆が日頃どのような暮らしを送っているかを知りとうて、方々廻ってみた。おぬし達は真にもって大したものだ。偉いと思うた。先だっての長沼先生の稽古場での悔しさを胸に、来たるべき小野道場の若手との仕合にはきっと勝つという強い想いを募らせているのは立派だ。皆と同じ年恰好の者が、家に帰ってまで稽古に励もうなどと、なかなか思いつかぬはずだ。おれは嬉しかったぞ！」

こう言われると門人達の口許からは、白い歯がこぼれた。

皆が剣に燃えたのは、この熱血鬼師範を唸らせてやろうではないかと、今村伊兵衛の浪宅で誓い合ったからなのだ。

「だが、ただがむしゃらに剣術の稽古だけをしたからとて、真の強さを得られるかはわからぬ。おぬし達には長い武士としての先行きがある。師としては、剣術しか能のない馬鹿になってもらいとうはない！」

たちまち六人の顔から血の気が引いた。

——まさか、稽古が終ってから、儒者でも呼んで論語読みでもやらされるのではないか。

そう思ったのだ。

忠太もそのくらいのことは読める。

「案ずるな。稽古の後、ここを学問所にするつもりもない。坐禅道場を開くつもりもない。稽古は今まで通りだ」

六人の不安はすぐに疑いに変わった。

――もっと恐ろしいことを思いついたのか。

そう思うのも無理はなかったが、

「おぬし達は、毎日剣術に没頭できる今の境遇を、ありがたいとは思わぬか」

忠太は問うた。

「それは、誰よりも思うております」

市之助が少し怒ったように応えた。

彼は母親一人に方便を負わせ、自分はのうのうと剣術稽古など出来ないと考えたゆえに、用心棒などしつつ剣を学ばんとしているのだ。

「うむ。それでよい。ありがたいと思うからこそ、今は仕合に勝つことだけを考え、ひたすら剣に励んでいるというわけだな」

六人は一様に頷いた。

「親達もそれを望んでいる。お前達がひとつのことに打ち込んでいる様子を見ていると、嬉しゅうて仕方がない。それが親というものじゃ。だが、人間というものは、すぐそれに胡座をかいてしまうものだ。剣術さえやっていれば親は機嫌がよいだろうから、放っておけばよいとな」

「といって、何をすればよいのです？」

市之助が訊ねた。

「ふふふ、また用心棒をして金を稼ぐことはないのだ。何でもよいから、日々、親への恩を忘れておらぬという証を立てるのだ」

六人は一様に首を傾げた。

「伊兵衛、大蔵は家業を手伝え。新右衛門は江戸で見聞きした珍しい物や、役に立つ智恵を文に認めて故郷の親へ送るがよい。市之助はお三（台所仕事）を手伝え、時に琴の出稽古先へお袋殿を迎えに行くのだ。忠蔵、お前は松造を助けてやるがよい。桂三郎は、屋敷で兄から学問を学び、今よりも兄を敬え、ゆめゆめいがみ合うてはならぬぞ」

忠太は己が考えを一気に伝えた。

弟子達は、何だそんなことかと笑みを浮かべたが、そう言われてみれば、このところは親が喜ぶのをよいことに、目が剣術にしか向いていなかった。

それさえしていれば文句はなかろう——。

そんな想いで、ただ己が剣を鍛えんとしていたような気がする。

「よいか、どんな小さなことでもよい。日々、少しでよいから、親達の助けになれ。それがきっとお前達の剣の上達に返ってくるはずだ。食って寝て、刀を振ればよいだけの暮らしなど、男として恥と思え」

忠太は力強く伝えると、稽古場を去り自室へ入った。

——うむ、おれは師としてよいことを言ったぞ。うむ、小さな徳を重ねることが人には大切なのだ。

またも一人悦に入る忠太の声が、稽古場に残された忠蔵の心の内に、はっきりと聞こえていた。

とはいえ、門人達は忠太の言うことには納得がいった。

「剣術の稽古か何か知らないが、好きなことをして暮らしていられるとは、結構なご身分じゃあないか」

どこからかそんな声が聞こえてきそうな想いに捉われていたのは確かであった。

彼らは不良剣士であったが、悪さばかりしていたのは、彼らなりの悲哀から一時逃れるためであった。

ゆえに、今の自分が人からどう思われているか、なかなか気になるのである。

だが、師匠が少しでも親を助けろと言うのであれば、てらいなくそれが出来る。

「うちの先生は変わり者でね。剣術に励めと言ってみたかと思うと、剣術ばかりしていてはいけない、親の手助けをしろとうるさいんだよ」

などと照れ隠しに言える。

それに、日々しゃかりきになって剣を揮うのにもいささか疲れてきている頃でもあった。

「まず、悪い話でもなかったな。おれは文を認めるのが面倒だが……」

新右衛門の言葉に、大蔵と伊兵衛は笑い合った。

だが、市之助と忠蔵は、桂三郎を気遣った。

「屋敷で兄から学問を学び、今よりも兄を敬え、いがみ合うてはならぬぞ」

と忠太は言ったが、桂三郎への注文は他の誰よりも厳しいものであった。

桂三郎の表情は思った通り硬かった。

——時に屋敷で兄から学問を学べだと？　あの兄を敬えだと？

桂三郎にとっては、

「はい、わかりました……」

とは言えぬことである。

もちろん、新田家三兄弟の中で自分が一番出来が悪く乱暴者で、今まで面倒かけてきたのは、事実であろう。

だがいがみ合いの元を作ったのは、何かというと桂三郎を馬鹿にして厄介者扱いする二人の兄ではないか——。

桂三郎は、そうすれば父は喜ぶかもしれないが、果してそんな風にうまくいくであろうかとさぞ不安であるに違いない。

市之助と忠蔵には、桂三郎だけが忠太の訓示に素直に従えない想いがよくわかるのだ。

「桂三郎……」

忠蔵が声をかけた。

「先生はあんなことを言っていたが、真に受けることはないさ」

市之助も忠蔵の傍らで頷いた。

新右衛門、大蔵、伊兵衛も、事情を察してすまなそうな顔をした。

「いや、先生が申されたことは正しいと思う」

桂三郎は、自分を気遣ってくれた剣友達に笑顔を向けた。

無理に取り繕ったようにも見えたが、

「まあ、おれにとっては辛い話だが、昨日は屋敷で親父殿に珍しく誉めてもらったよ……」

桂三郎は頭を掻きつつ、忠太のおとないをありがたがった。

忠太が屋敷を訪ねて、桂三郎の日常を訊ねたことは、新田九太夫の心証を随分とよくしたらしい。

今年の正月は年賀の席で、小野道場の腕自慢と仕合をすることになっているが、その折はきっと打ち倒してみせると豪語して、

「太平楽を申すな！」

と、九太夫に叱責された。

先頃の長沼道場での敗戦も、九太夫の耳に届き、

「それ見たことか」

と、叱られたばかりであった。

しかしその後の桂三郎の剣術への取り組みは、負けた口惜しさを糧にして、今までにない必死さが伝わるものであった。

「いつまで続くことやら……」

兄二人はそれを嘲笑しているが、九太夫にはひとつの心願に向かい、寝ても覚めて

も剣術一筋で暮らす桂三郎の本気具合がわかる。

その気にさせた中西忠太の手腕も大したものだし、それをわざわざ屋敷まで確かめに来たのも、忠太が桂三郎に期待をかけ信じていることの証ではないだろうか。

「桂三郎、お前はやっと目が覚めたようじゃのう。さらに励め。先だってお前が木太刀を振る姿を見たが、なかなか腕を上げたではないか」

九太夫は素直に喜んでくれたのであった。

「二人の兄は、それでも何かというとおれを腐してばかりだが、考えてみればおれも、逆ってばかりいたから、その気持ちもわからぬではない。いささか業腹だが、親父殿への恩を思うと、兄に頭も下げられるというものだ。一度やってみるよ」

桂三郎は、口より手が出る彼の気性からは信じられないほどの分別を見せた。

五人の相弟子達は、しばし目を見開いて桂三郎を見つめてから、やがて一斉に、お見それしましたとばかりに、

「ほう……!」

大きな唸り声をあげたのである。

思いつきのようでなかなかに味わいのある中西忠太の奔走(ほんそう)は、猛獣調教の成果を着実に上げているように思えた。

九

何か親のために役立つことをしろ。

日々少しでよい。報謝は自分に返ってきて、仕合に勝たねばならぬ重圧を和ませてもくれよう。

中西忠太の精神指南は、それが門人達の上達に直接効果があがるかといえば甚だ疑問であるが、彼らの尖った顔付が、三日もすれば丸くなった。

剣に打ち込み、家の助けもする息子を、親は放ってはおかない。

あれこれと至らないところがあっても、それもまた、かわいいものだと見てくれるようになる。

僅(わず)かなことで、門人達は気兼ねなく日々剣に打ち込めるようになったのだ。

——時にはためになることも言うではないか。

彼らは師を見直す想いであったが、やはり新田桂三郎だけは違った。

別段六人の門人達は、師に言われ家で実践したことについて報告し合ったりはしなかった。

手助けをして親に誉められたなど、いちいち言うのは恥ずかしい。

「まあ、せいぜい親の機嫌をとっているさ」

茶化しながら言うのがよいところなのだが、明らかに桂三郎は屋敷で苦戦しているようだ。

それがわかっていても、いちいち訊ねるのも桂三郎には煩しいことであろうと、他の五人は何も言わなかったが、

「それぞれ家の様子は違うのだ。先生の思い付きが、桂三郎のところではそぐわぬかもしれぬ。いつもの調子でな……」

忠蔵は師範の息子であるから、これくらいの言葉はかけられた。

「忠さん、忝い。だがな、先生に言われたことがどうこうではないんだ。身から出た錆で、兄二人とは前々から引きずっているものがあるからなあ……」

その時、桂三郎は決して悲愴な様子は見せず、溜息交じりに笑って応えたものだ。

確かにそうであろう、今村伊兵衛は商家の次男、平井大蔵は医者の次男、若杉新右衛門は名主の次男、その気楽さゆえ剣の道に進んだ。しかし、桂三郎は将軍家直参の三男坊である。しかも御家は小禄となれば、彼の身の複雑さは計り知れない。

忠太の案を実行したとしても、兄二人の弟への態度がすぐに変わるはずもないのだ。

「まず、気長にやってみるさ」

桂三郎は明るく前向きに暮らす意思を見せていたので、相弟子達もそれ以上は何も言わなかった。

ところが、実際のところは、新田家の中でちょっとした外圧があり、桂三郎は思いの外苦しい局面に立たされていたのである。

この日も稽古を終えると、桂三郎は真っ直ぐに屋敷へ戻った。

「桂三郎様、今日はいかがでございました？　ひとつ技が加わりましたか」

茂作が甲斐甲斐しく世話をしてくれて、夕餉となった。

九太夫の機嫌は悪くはないが、元より食事の時は寡黙な父であるから、何を考えているかは読めない。

「桂三郎、励んでおるか。そなたの剣も、また新たな道を拓かねばのう」

今日はそれだけを桂三郎に言った他は、黙々と飯を食べ自室へ入った。

干物に野菜の煮物、香の物に味噌汁、そのつましさが武家の威厳を放つ食膳であった。

たかだか七十俵五人扶持にしがみつき、これを受け継いでいくことが大事というなら、下級武士の暮らしなど、世渡りに命をかけるしたり顔の長兄にくれてやる。

桂三郎はいつもその想いで食事に臨んできた。

小野道場に通い始めた時は、それまで苛めるか嫌みを言う他は歯牙にもかけなかった長兄・彦太郎も、時折道場の様子を訊ねることがあった。

どうせ名門道場に弟が通うのを、己が立身に利用せんと考えていたのであろう。それが証拠に道場を破門となった後は、いつもしかめっ面を向けてきた。

中西道場に通い始めてからは、稽古の都合と称し、父、兄達とは食事の刻をずらして、一人で台所ですませたりしたので、いくぶん楽になった。

茂作の給仕で一人食べる方が、桂三郎には気楽であったのだが、このところ父はそれを許さず、出来る限り共に食べることを命じた。

それが九太夫の桂三郎に対する新たな期待と映り、桂三郎は少し嬉しかった。

忠太に何でもいいゆえ、親の助けになることをしろと言われ、桂三郎は改めて師の言を父に伝え、

「わたしも、確かに今のままでは心苦しゅう存じまして、父上に何かお指図を賜りたいと思い至りましてござりまする」

そのように申し出た。

前日、忠太のおとないで機嫌をよくした九太夫に久しぶりに誉められていたので、このような願いもすぐに口から出た。

九太夫も桂三郎の変化が嬉しくないはずはなかった。

優秀な世継(よつぎ)であろうとする長兄と、学問で世に出んとして学問嫌いの者を小馬鹿にする次兄に挟まれ、これに反発して強くなろうと剣術に励み、勢い余って乱暴者となってしまった三男坊であった。

親としては何度も煮え湯を呑まされ、叱りつけてばかりいたが、同時に不憫(ふびん)を覚えてもいた。

「いかにすれば剣によって身が立てられるか。今はそれを考え励めばよい。父の願いはそれに尽きるが、ひとつ屈託があるとすれば、お前達兄弟の不仲じゃ」

九太夫は桂三郎の今の暮らしぶりに満足しつつ、兄二人との協調を求めた。

それは中西忠太の指示と重なるものであった。

いつになく自分を認めてくれた父と、剣の師両方から言われたとなれば、桂三郎も強がってはいられなかった。

「その儀につきましては、中西先生からも言われておりますれば、父上から兄上におとりなし願えれば幸いにござりまする……」

桂三郎は、初めて父に兄との仲立ちを願った。

彦太郎が、学問も同時にするべきだと忠太に訴えたというのなら、次兄の益次郎に学問の教授を命じてもらいたいと申し出たのである。

九太夫は快く応じて、

「そなたの剣の修行の合い間に教授させせよう」

その由をすぐに益次郎に命じてくれた。

そうした上で、

「桂三郎、そなたの目から見れば、この父は、世間や本家の覚えを気にしてばかりいるように見えるのであろうのう。確かにその通りじゃ。そういう父もまた、若き日は上役にへつらう父親を快く思わなんだものじゃ。だがのう、やがてこの身が家を継ぎ、妻子を得ると、僅かな禄でも、取るに足らぬ役儀でも、これがあるゆえ息子三人がささやかながらも夢を見ることができる。つくづくとそう思うたものじゃ。そなたにもわかる日がこよう」

九太夫は桂三郎に、苦笑いを見せたのであった。

それから後は、またいつもの寡黙な父に戻ったが、この日のように食事の最中に、一言二言かけてくれるようになっていた。

しかし、先ほど父が、

「そなたの剣も、また新たな道を拓かねばのう……」

そのように言ったのが気にかかった。

夕餉の後は、益次郎に呼ばれ次兄の部屋で、経書の講義を受けることになっていた。

益次郎は算学に才を示しているのだが、

「お前に算学などわかるはずもあるまい」

と、儒学の四書・五経などの書見をさせられていた。

講義といっても形ばかりのもので、

「まったく、兄上がいらぬことを申されるゆえにこの様だ……」

益次郎は、自分の学問が桂三郎によって邪魔をされたと不満顔であった。

日頃は桂三郎の無学を笑うくせに、教えてやれとなれば迷惑がる。

真に薄情な兄だが、これまで仲が悪かったゆえに、益次郎とて温かく迎え入れられぬのであろう。

桂三郎とて学問に飢えているわけではない。

そうすることで、少しでも父が喜んでくれればよいと思い、言われるがままにしていた。

益次郎が皮肉や嘲笑を自分に浴びせても、兄の気持ちになればそれも止むをえない。

そのうちに、血が兄弟のわだかまりもなくし、幼児の頃のように無邪気な想いで付合えるようになるかもしれない。

「さすがは兄上……」

この言葉を繰り返しておけばよいと、桂三郎は割り切っていた。

兄弟といっても大して歳も変わらない。

不良剣士として方々で頭を打っている桂三郎の方が、こういうところは大人である。

益次郎も、こ奴には敵わないと、

「お前はどうせ剣術しか頭にないのだろう。これでも読んでおけ」

数冊の書物を渡して、自室で二人書見をしている様子となったのだが、そこへ長兄の彦太郎が訪ねてきて、

「桂三郎、学問をしようとは感心だが、何よりも親を喜ばせておれ達とも好い間柄を築いていかんと考えたのは、真に見上げたものだな」

と言った。

桂三郎は、彦太郎に一礼すると、黙って書見を続けた。

彦太郎はいつになくやさしい声で、

「先だっての話だが、考えはまとまったか？」

さらに問うた。

「考えとは？」

桂三郎は小首を傾げてみせた。

彦太郎が言いたいことはわかっている。

益次郎に学問教授を願ってすぐのこと――。

彦太郎は今日のように書見する桂三郎を訪ねて来て、

「桂三郎、お前が剣術に目覚めたのは真に感心ではあるが、おれはやはり小野道場に戻ってやり直すのがお前のためだと思うがのう」

と、切り出した。

「お気遣いは嬉しゅうござりまするが、わたしは既に破門になった身でござりますゆえ」

桂三郎は笑って受け流したが、

「そのことならおれに任せておけばよい。おれとて、小野派一刀流に伝手がないわけでもないのだ」

彦太郎は、さらに勧めてきた。

「お前が中西先生に恩を覚えているのはわかるが、中西先生とて小野派一刀流の門人。破門になったお前の才を惜しんで拾い上げたのだから、お前が再び小野道場で学ぶことを責めたりはしまい。あのお方は真っ直ぐな御気性ゆえ、喜んでくださるのではないかな」

と自信ありげであった。

その場は何とか切り抜けたものの、

「しっかり考えておくがよい」

彦太郎は念を押してその場を下がった。

益次郎はというと、

「桂三郎、おれも好い話と思うがな。今のお前が小野道場で精を出せば、父上も今よりも尚、お喜びになるはずだ。そうすれば、おれに学問など学ばずともよいのだ」

彦太郎に追随した。

桂三郎が、中西道場で見せた屈託はここにあった。

彦太郎の言う〝伝手〟というのが気になっていた。適当にやり過ごしたとて、あの分ならまた迫ってこよう。

そして、今日の九太夫の〝新たな道を拓かねば〟という言葉――。

彦太郎は案に違わず小野道場への再入門の話を今日も持ち出してきた。

「おれも本家を通じて、ある御方から話を持ち込まれてな。お前が小野道場に戻ってくれぬと恰好がつかぬのだ」

　ここへきて、桂三郎はこの間不審に思ってきたことが、少しずつはっきりとしてきた。

「兄上、お気遣いは嬉しゅうござりまするが、その、ある御方というのが気になります」

　桂三郎は経書を傍らに置いて、彦太郎をじっと見た。

「ある御方でよかろう。世の中にはな、聞かずにいた方がよいこともあるのだ」

　彦太郎は、大人びた物言いで返してきた。

　中西忠太が先日新田邸訪問の折、

——気に入らぬ若造だ。

と思ったのはここにある。

　少しばかり支配の覚えが目出たいからといって、一足とびに大人になったと考え違いをする。彦太郎のそういうところが、桂三郎はこの数ヶ月で身についた分別の数だけ疎(うと)ましい。

「されど兄上、ある御方はやがてその名が明らかになりましょう。ことを起こす前に知りとうござりまする」

「ずっとわからぬままにしておいてやるゆえ気を廻さずともよい」

彦太郎は、尚もやさしく持ちかけてくる。

「もしや、酒井右京亮……、ではございますまいな……」

桂三郎は、低い声で問うた。

その名を口にすると、えも言われぬ凄みが出ていた。

彦太郎は図星を突かれてたじろいだ。

酒井右京亮は、中西道場への攻撃の手を緩めていなかった。

かつて小野道場を破門になった者達の中で、新田桂三郎だけが幕臣の子弟であることを知ると、彼はすぐに切り崩しをはかったのであった。

長沼道場での惨敗で気落ちしているところへ、桂三郎が小野道場に戻れば、中西道場の士気はますます下がるであろう。

桂三郎が拒んだとて、新田家を取り込めば考えも変わるに違いない。

番方武士の中では、無役ながらも小野派一刀流にあって御意見番と謳われる、旗本千二百石・酒井右京亮は、なかなかに頼りにされていた。

「そうなのでございまするな」

桂三郎はさらに問うた。

弟に詰め寄られて、彦太郎はたちまち不機嫌になって、

「そうであったらどうだと言うのだ」

威丈高に言った。

狂暴であった桂三郎が近頃は大人しくなった。それを彦太郎は分別がついたのだと思い、いささか桂三郎を侮っていた。

「そのことは父上も御存知で……」

桂三郎は静かに問うた。

「父上にはおれの口からお伝えする。きっとお喜びくださろう」

したり顔で言う彦太郎に、桂三郎は怒りが込み上げてきた。

どうせ右京亮が、中西道場切り崩しのひとつとして、小身の御家人である新田家に目を付けたところ、才子面をした小細工好きの若造が嫡男であると知ったのであろう。

この先の覚えめでたきことを餌に近寄ると、

「お易い御用にござりまする」

彦太郎は、ほいほいと話に乗ったのに違いない。

それが、御家大事で何ごとも片付ける彦太郎という男なのだ。弟が血と汗と涙を流し、剣友と共に重ねた精進を、いとも容易く、ひっくり返そうというのか！

「わたしは誰が何と言おうが、小野道場へは戻りませぬ」

桂三郎はきっぱりと応えた。

彦太郎と益次郎が気圧される迫力が、彼の低い声に込められていた。

「桂三郎……！　お前は兄に恥をかかせるつもりか！」

彦太郎は長兄の威厳を保たんとして吠えた。

「父上にも問い合わさず、勝手に話を決めてきたのは兄上の先走り、この桂三郎にも師への恩義がござる！　恥をかかせるつもりかとは傍ら痛い！」

桂三郎の我慢もここまでであった。

益次郎は、桂三郎の剣幕にたじろいで、

「こ、これ、桂三郎……」

窘めようとしたが、

「黙れ！　お前は数を並べていろ！」

言い返されてあたふたとした。

「お、おのれ、ぬかしよったな……」

彦太郎は激昂して、部屋の隅に立てかけてあった木太刀を手にすると、

「その減らず口を黙らせてやるぞ！」

桂三郎に迫った。

「ふん、伊藤派一刀流をかじったくらいのその腕で、黙らせるとは笑わしてくれるぜ！」

「慮外者めが！」

打ち据えてやらんと、彦太郎は木太刀でその場に座す桂三郎に打ち込んだ。

しかし、桂三郎はやにわに立ち上がると見事にその一刀をかわし、足がらみをかけ、彦太郎をそのまま庭へと突き落した。

「お、おのれ……」

彦太郎はしたたかに腰を打ち、庭の土の上で悶絶した。

益次郎は戦いて声も出ない。

桂三郎はそれを睨みつけると、そのまま庭へ下りると駆け出した。

何ごとかと駆けつけた茂作が、

「桂三郎様……！」

驚いて呼び止めたが、桂三郎はそのまま門の外へと出て、夜のしじまに消えていったのである。

十

その夜。

中西道場の門を叩く者があった。

松造が出てみると、若杉新右衛門の姿があった。

「おお、これは新右衛門さん。いかがなさいました？」

問うてみると、

「と、とにかく、先生に取り次いでくだされ」

新右衛門は息を切らしながら言った。

「ひとまず中へ……」

「いえ、これに待ちます」

新右衛門は門内で忠太を待つと言う。

松造は怪訝な表情で新右衛門を見たが、切羽詰まった様子に、これは何かあると忠太を呼びに入った。

既に物音を聞きつけた忠蔵が出て来ていて、

「新右衛門、何かあったのか？」

「忠蔵、大変なことになったよ。桂三郎がいきなりおれの家へやって来てだな……」

新田邸をとび出した桂三郎は、途方に暮れて独り暮らしの新右衛門の住まいに転がり込んだ。

他の者ならいざ知らず、御家人の息子である桂三郎が、無闇に家をとび出してくるなどとは、いくら不良仲間とはいえよほどのことだ。

「で、何があったのだ？」

「どうも派手な兄弟喧嘩をやらかしたらしいんだが、はっきりと理由を言わねえんだよ」

「そうか……」

忠蔵は不安に思っていたことが現実のものとなったと苦い顔をした。

そこへ忠太がやって来て、

「何が起きたのだ。もしや桂三郎が屋敷で兄達と……」

まずそのように訊ねた。

兄達といがみ合うなと言いつつ、忠太はそれがずっと気にかかっていた。

しかし、血の通った兄弟との関わりを避けて通ってはいけないと思い、あえてそこに踏み込んだのだ。

忠蔵も新右衛門も、忠太の想いは彼らなりに理解していたが、桂三郎が揉めごとを起こすのではないかと案じていたのなら、わざわざ波風を立てることもなかったのだと、渋い表情を浮かべた。

「先生、お察しの通りですよ。桂三郎は先生の言葉を馬鹿正直に試みて、馬鹿をやらかしたんですよ。だが、どれほど馬鹿をやらかしたかは黙ったままで……」

新右衛門の口から堰(せき)を切ったように不平が出た。

「それでお前が大変な目に遭っているのだな。少しの間辛抱してくれ。すぐに行くゆえ」

忠太は新右衛門の肩をぽんと叩くと、

「忠蔵、留守を頼むぞ」

と言い置いて、すぐに新右衛門の家へと駆けつけた。

二人共、桂三郎がいなくなっていたらどうしようかと不安を募らせたが、桂三郎はしかつめらしい顔をして端座していた。

「先生……」

そして忠太の顔を見ると、神妙に姿勢を正した。

忠太は怒らなかった。

「桂三郎、おれが一緒に屋敷へ行くから、その道中、ありのままを話してくれ。言っておくがその話がどうであれ、おれの言いつけを守って兄達と向き合ったお前を、おれは命にかかえて守り抜く。まずそれだけを伝えておく。話してくれるな」

真心はどのような相手にも伝わるものだ。

桂三郎は、叱りもせずに自分を信じてくれる師に、胸が熱くなった。

「忝うございまする。だが帰ったところで、最早どうなるわけでもありません」

「親父殿と話はしたのか」

「いえ、兄と喧嘩になってそのまま……」

「ならば一目会っておこう。お前が勘当になれば、おれが内弟子としてもらい受ける。その挨拶をしておきたい」

「先生……」

桂三郎は言葉が出ない。

「いいから立て！　参るぞ！」

忠太は泣きそうになるのを怒りにごまかし、

「新右衛門、よく報せてくれたな」

ここでも彼の肩をぽんと叩くと、桂三郎を促して夜道を辿った。

涼しい夜風は師弟の気持ちを和らげてくれた。

その中でぽつりぽつりと語られる、桂三郎の今宵の出来事。

次第に忠太に切なさと怒りが湧き上がる。

「物申……！　案内を請う……！」

新田邸に着き、案内を請う忠太の声には、ぞっとするほどの乾いた響きがあった。

茂作達小者が、とび出てきて二人を迎え入れた。

心配そうに桂三郎を見る茂作に、桂三郎はにこやかに頷きかけた。

兄を詰り、庭へ叩き落したのだ。その興奮は依然残っていたが、忠太が傍にいると思うだけで心が落ち着いた。

二人が玄関に立つと、次兄の益次郎が迎えに出た。

怯えたような、怒ったような、益次郎は複雑な表情で二人を書院に通した。

そこには、新田家主・九太夫と、彦太郎がいた。

二人とも険しい表情を浮かべていたが、

「友人の許に身を寄せていた御子息を、お連れいたしましてござる」

と畏まる忠太の横で、決まり悪そうな表情で頭を下げる桂三郎を見ると、九太夫はひとつ頷いて、

「御手間を取らせて申し訳ござりませなんだ」

重々しい声で忠太を労った。

彦太郎は仏頂面で顔を合わそうとはしない。

忠太は彦太郎を一睨みすると、

「話は道中伺いましてござる」

九太夫に真っ直ぐな目を向けた。

「某も倅から一通り話を聞いてござる」

九太夫は低い声で応えた。その表情は険しいままであった。

「桂三郎の師として甚だ頼りなきことでござりました。それは申し訳なきことと存じまするが、頼りなき師でもわたしについて行くとの意思を告げられれば冥利に尽きまする。このまま連れて帰りますゆえ、暇乞いを聞いてやってくださりませ」

忠太は滔々と我が意を伝えた。

慮外者を手討ちにすると言うならば、己が武門の意地にかけてでも連れ帰るという決意がそこに含まれていた。

「ひとつ申しておきまするが……」

彦太郎はそこに口を挟んで、

「わたくしは中西先生には露ほども意趣はございませぬ。さりながら、本家の方から声がかかれば嫡男としてはこれを聞き流すわけにも参りませぬ。まず弟に根回しをして、父に窺いを立てんとしただけのこと……」

と、したり顔で言った。

「黙りおろう！」

九太夫は一喝をくれた。

そして忠太に目を向けると、

「甘やかしたわけでもござらぬが、いつしか出過ぎた口を利くようになり困っておりまする」

相変わらず険しい表情を崩さず言った。

どちらかというと、番方武士とはいえ人の顔色を見て、世間体を憚りつつ生きてきた武士に思われた九太夫であったが、この日は将軍家直参の威風と矜持が総身から漂っていた。

「中西先生、謝まらねばならぬのは某の方でござる」

九太夫は忠太に頭を下げるとすっくと立ち上がり、

「桂三郎は先生がきっとすぐに連れて来てくださると思うておりました。それゆえその場で、この度の仕置をするつもりでござった」

と言った。

「仕置？」

「いかにも……」

いきなり彦太郎の頬が鳴った。

九太夫が右手で思い切り張ったのだ。

「おのれは父に恥をかかせたな！」

「ち、父上……」

彦太郎は信じられぬという表情となり、泣きそうな声をあげた。

「本家が何と言おうと、この新田九太夫が中西先生への恩を忘れ、桂三郎を小野道場に戻すとでも思うたか！　この慮外者めが！」

「は、ははあッ……！」

彦太郎は、九太夫のあまりの剣幕に、思わず平伏をした。

「益次郎！　おのれも恥を知れ！　彦太郎の戯言を黙って聞いていたとは、それでも男か！」

「は、ははあッ……！」

益次郎も這いつくばった。

「父をないがしろにしよって！　手討ちにしたとて足りぬ奴めが！」

九太夫は、こちらも呆気にとられて見ている忠太と桂三郎を交互に見て、

「先生、これで御了見なされてくださりませ。桂三郎、よくぞ申した。だが、父に会わずに屋敷をとび出すのはいただけぬぞ」

強い想いを込めて告げたものだ。

「父上……、先生……」

桂三郎も平伏した。

何か言わねばならないのだが、喋れば堪えに堪えた涙が、一気に床を濡らすであろう。

兄二人に苛められようが、涙を見せずにきた桂三郎であった。

泣けばよかったのかもしれぬ。かわいがられたのかもしれぬ。

だが、桂三郎は涙を見せずに生きてきたのだ。

ここで泣いては男がすたる――。

それでもにこやかに息子を見下ろす九太夫の姿を見れば、

――今は泣いてもよかろう。

万感の想いを込めて、この身のありがたさを声にしようと思った時、

「よかったのう！　よかったのう！　桂三郎、お前の御父上は何と立派な武士であろうか！」

中西忠太が涙で顔をくしゃくしゃにする様子が彼の目にとび込んできて、たちまち桂三郎の涙腺(るいせん)に蓋(ふた)をしてしまったのである。

第二話　剣客

一

「ほう、新田九太夫……、なかなかに気骨のある男、じゃのう……」

酒井右京亮は皮肉な物言いをした。

白の筒袖に藍染の紺袴。彼は今、稽古着姿で己が武芸場に出ていた。

千二百石の旗本であるから、屋敷は九百坪ほどもあり、稽古場が併設されているのは珍しくない。

しかし、小野派一刀流の御意見番として知られる右京亮である。庭に面する廊下は広く、見所とその欄間の部分には唐破風をあしらい、私的な稽古場とは思えぬほどに武芸場を整備していた。

そして、彼の抜け目なきところは、ここを幕府の番方武士や武芸好きの大名、旗本達との社交場にしたことだ。

大した腕がない殿様連中でも、ここならば武芸修得の面目で気軽に出入りが出来て、拙き演武を、

「うむ！　お見事でござるぞ！　剣に心が乗り移ったかのような……」

などと右京亮が称えてくれるので真に心地よい。

小野派一刀流酒井道場ではなく、上級武士が武芸の蘊蓄を傾け合う場にしているのが、巧みなところだ。

となれば二百石取りの最下層の旗本などにしてみると、ここに出入り出来ることは大いなる名誉といえよう。

稽古場の隅で、右京亮の型稽古を見ながら体を縮めている、新田五郎兵衛もこの名誉を得て、天にも上る想いとなった一人である。

五郎兵衛は、中西忠太の弟子・新田桂三郎の本家筋にあたる旗本である。

大番士を務めていて禄は二百石。

この物語では〝三筋町の本家〟として度々登場し、新田九太夫に対してその三男・桂三郎への苦言を放っていた。

たかだか七十俵五人扶持の御家人の三男坊が、小野派一刀流宗家の小野道場に通えるようになったのは、五郎兵衛の口利きがあったからだ。

と言っても、五郎兵衛が以前から右京亮と誼みを通じていたわけではない。

五郎兵衛が取り入っている大番組頭が、かつて小野道場に通っていたことがあり、そこからの伝手を頼っての入門であった。

五郎兵衛は分家の九太夫から口添えを頼まれたのだが、五郎兵衛の目から見ても、桂三郎は上背もあり面構えもよく、

「ともすれば、一端の剣客になるやもしれぬのう」

そう思わせるものがあった。

——これは上手くいけば、新田家の飾りとなる。

そういう下心と、分家に対する本家の威厳を保つための口利きであったといえる。

それなのに桂三郎は、一年もせぬうちに小野道場を破門になった。

五郎兵衛としては組頭に対して面目が立たなかった。

何と詫びればよいかと思っていると、桂三郎はすぐに小野次郎右衛門忠一の高弟・中西忠太に見込まれ弟子になったという。

組頭は、かつて小野道場に剣を学んだので、忠太がいかに素晴らしい遣い手かよくわかっている。

それゆえその場は上手く取り繕うことが出来たのだが、五郎兵衛にしてみれば腹の

虫が収まらない。

九太夫には、

「せめて中西道場で身が立つように精進させよ。この上面倒を持ち込むでないぞ」

強く言い渡したものだ。

その後も、何かにつけて桂三郎の無法ぶりに釘を刺してきたが、先頃、思いもかけず、酒井右京亮の武芸場へ招きを受けた。

大番士の中で、武芸に対する見識が際立っていると耳にした。一度非番の日にでも遊びに来ぬかと、右京亮から遣いの者が寄こされたのである。

いそいそと行ってみれば、右京亮は諸士を集って武芸の型を披露し合い、武芸談義に花を咲かせていた。

さらに末席で緊張に固まっていた五郎兵衛に声をかけ、

「そこ許の分家筋に、新田桂三郎という者がいて、浜町の道場を破門になったそうな」

と切り出した。

「あ、いや、それは……」

五郎兵衛はしどろもどろになったが、

「だがその後、某と同門の中西忠太が拾い上げたと聞く。中西がこれと見込んだのであればなかなかの者じゃ。浜町が破門にしたのには何か手違いがあったのかもしれぬ。そこ許さえよければ、この酒井右京亮が口を利いて浜町に戻れるようにはかろうてもよいが、いかがかのう」

右京亮はそのように言う。

五郎兵衛にしてみれば、断る理由はひとつもない。

「これは忝うございまする。桂三郎にとっては何よりのことにございますれば、まず酒井先生の御厚情に縋るよう、申し付けましょう……」

と応えた。

何よりもこの先、これを契機に酒井邸の武芸場に出入り出来るようになれば、そろそろ隠居を考え始めた身に、最後の希望が生まれるであろう。

五郎兵衛はいそいそと帰宅すると、すぐに新田九太夫に会おうかと思ったが、九太夫はあれで妙に頑固なところがある。

小野道場を破門になった桂三郎を拾い上げてくれた中西忠太への義理を持ち出して、五郎兵衛の勧めを渋るかもしれない。

いきなり話すのではなく御徒町の分家の様子を見てからにした方がよいと考えた。

そうして日頃から本家には従順で、出世欲が強い分家の長男・彦太郎にまず持ちかけて探りを入れることにした。

思った通り、彦太郎は五郎兵衛から声がかかったのは大きな励みになると喜び、

「わたしがまず、桂三郎に伝えて手応えを確かめてみましょう」

と、胸を叩いた。

近頃の桂三郎は、以前とは打って変わって屋敷にいる時にも木太刀を揮い、剣技の追究に余念がない。それは自分の将来を真剣に考えるようになったからだと彦太郎は見ていた。

兄達との仲もよくありたいと願い出ているとなれば、彦太郎が上手く話せば、桂三郎も話を聞くのではないかと考えたのだ。

よくあることだ。物事の尺度は人によって違うはずだが、彦太郎のような男は、すべての人が利を中心に心動かされるものだと思い込んでいる。

ましてや、桂三郎が兄との融和を望んでいるとなればどうにでもなると考えていた。

だがその結果、彦太郎は説得するどころか、弟の反発に怒り木太刀で打ち据えんとして、逆に庭へ突き落された。

桂三郎は屋敷をとび出し、中西忠太に伴われ、父と兄の下に戻って来たのはよいが、

彦太郎にはその折、今度は父・九太夫に横っ面をはたかれ厳しく叱責されるおまけがついた。

五郎兵衛は、彦太郎からその報告を受け、これと見込んだ長兄が、父からも弟からも顰蹙を買っていたと知り、歯嚙みをした。

かくなる上は、本家の主の威をもって説き伏せねばならないと、九太夫を本家に呼び出そうとした。

ところが、五郎兵衛はその矢先に組頭から呼び出され、

「小野道場と中西道場のことに、おぬしがあれこれ口を挟むではない！」

と、大目玉をくらった。

「同門の士とはいえ、中西道場の肩を持つつもりはない。だがのう、おぬしがしたことは筋が違うと、御支配がいたくお怒りになっているのだ」

「ご、御支配が……」

大番組の支配は大番頭である。

番方最高の格式を持ち、五千石以上の旗本、または譜代大名から選任された。

九太夫や五郎兵衛からすれば、雲の上の人となるのだが、その大番頭が、組下の大番士の分家への働きかけを知り激怒するとは、信じられぬことであった。

五郎兵衛は、とび上がらんばかりに驚いて、すぐに酒井右京亮に、

「分家の九太夫めは、なかなかに一徹者にござりまして、一度拾うていただいた中西先生への恩を忘れてまで、浜町の稽古場に戻すわけにはいかぬと耳を貸しませぬ……」

と、断りを入れに来たのがこの日のことであったのだ。

その際、五郎兵衛は番頭から不興を買ったという事実は右京亮には語らなかった。

右京亮がこれに怒り、番頭に何か働きかけでもすれば、余計話がややこしくなるというものだ。

五郎兵衛とすれば番頭からの覚えが悪くなるのは死活にかかわる一大事である。とはいえ、右京亮からも不興は買いたくはない。

ここは率直に、新田九太夫の意思は固く、説得に失敗したと言うのが一番害がないと判断したのである。

「新田九太夫なる者、なかなかに気骨のある男、じゃのう……」

右京亮は、また同じ言葉を口にして、嘲笑うように五郎兵衛を見た。

この五郎兵衛が、分家の意思を尊重して、自分に断りを入れに来るとは思えなかった。

酒井右京亮の影を覚えた中西忠太が、何らかの手を打ったのだろう。

ただただ熱情に捉われて、世渡りがまるで出来ぬ男なのだが、不思議と彼の味方をする者は多い。

不器用で朴訥としているところが、真の剣客と人に受け入れられるからであろうか。

右京亮は、とるに足らぬ御家人の三男坊に罠を仕掛けた自分に腹が立っていた。

小野道場の看板を勝手に背負って、中西忠太の一門と仕合をすることになってしまった自分にも苛ついていた。

勝たねばならぬ。

戦には策謀が付きものだ。それゆえ切り崩しを図ったのは仕方がなかろう。悔いはない。

だが、そのひとつひとつが、かえって中西忠太を飾り立てていく。

いつも引き立て役に置かれてしまう自分が、忌々しいのだ。

しかも忠太には余裕とおかしみがある。

激流の中を懸命に泳ぎつつ、なかなか前へ進まぬのが自分である。

それに比べて、激流に逆らわず、巧みに体を浮かべてゆったりと進んでいくのが中西忠太であろうか。

――ふん、それほどの男とも思えぬ。ただのうつけではないか。

決して智謀（ちぼう）の士でもない、策士でもない。

――馬鹿ほど読めぬ相手はないということなのか。

そんなことを考えると、己の分もわきまえず、小さな欲にちょこまかと動く小役人が実に疎（うと）ましくなってくる。

「新田殿、大儀でござったな」

右京亮は冷たく言い放ち新田五郎兵衛を下がらせると、気合もろとも木太刀を振った。

二

下谷練塀小路の中西道場は、騒ぎが起こる度に士気が上がり、道場は熱気に包まれていく。

剣術だけの一日を送ってはならない。何かひとつでよいから、親の助けになることをするのだ――。

中西忠太の訓示は、

「またわけのわからぬことを言い出したよ」

と、初めは門人達六人を辟易させたが、実践してみると意外や暮らしによい趣を与えてくれた。

忠蔵にとっての親の助けは、内弟子として老僕の松造と共に道場の管理をするだけではなく、時に息子に戻って忠太のおもしろくもない話を聞いてやることであった。

これまでも尊敬する剣客として接してきたし、父の話は己が剣の上達に欠かせないものではあった。

とはいえ、忠太独特の人生観や処世訓に話が及ぶと、そこからはいつも巧みに逃げていた。

それを少し辛抱して聞いていると、忠太の顔の艶がよくなることに気付いた。

すると翌日の稽古で、忠太の指南法に新たな工夫が加わる。

どうやら忠太は、次々と言葉を発するうちに、その中で生まれる閃きを拾い集める性質らしい。

少年のように夢を追い求める父を、どこか醒めた目で眺めつつ、類いなき才を見つけて吸収する――。

中西父子は今、それで幸せを保っている。

安川市之助は、しっかり者の母・美津が何と言おうが、

「これは先生からの言い付けですから」

と、家事全般を手伝い、時に重い琴を運んでやった。

琴の運搬は、出稽古先の男衆がしてくれるが、市之助であれば遠慮がいらない。

少し顎が尖った顔付きが冷たく醒めていて、娘達の胸を騒がせる市之助である。

母親へのやさしさを見せる姿は、美津の弟子達から憧憬の目差しを受けたものだ。

それは市之助にしてみると、まったく気恥ずかしかったが、美津は照れ笑いを浮かべながらも、誇らしげな表情になる。

それが市之助には心地よかった。

若杉新右衛門は、八王子の父にせっせと文を送った。江戸で見聞きした珍しいことを認めるだけであったが、すぐに父・半兵衛から返書がきた。

それには中西忠太の気遣いへの謝意が綴られ、文の送り賃であると文を届けた奉公人に小遣い銭まで持たせてくれた。

文を書けば小遣い稼ぎが出来るとなれば、新右衛門も身が入る。

遣いの奉公人にも、その中から僅かながらも届け賃を分けてやったから、奉公人も喜んで、半兵衛に新右衛門について誉めそやすので、新右衛門もますます面目を施した。

平井大蔵は、一時父・光沢の手伝いをしていたが、このところは大蔵の剣術への姿勢を評して、

「医院のことはよいゆえ、ますます励め」

と言われ、それを免除されていた。

だが内心では、猫の手も借りたい時は大蔵が手伝ってくれたらどれほど助かるかと思ってもいた。

忠太が、剣術だけでは武士として、男として生きる意味がないと大蔵に命じてくれたのはありがたかった。

そして、以前よりも多めの小遣い銭が大蔵に与えられた。

それは今村伊兵衛にとっても同じで、

「先生のお気持ちは嬉しいが、お前も今では武士じゃ。店の周りをうろうろとして、家業を手伝うていては外聞が悪い……」

父・住蔵は、伊兵衛が店の手伝いをすることを渋ったが、

「それならば目立たぬように……」

と、蔵の中の整理をしたり、養父の跡を継ぐかのように店の書役を務めたりしたので、

「お前はなかなか重宝するな」

と上機嫌になり、彼の懐にも小遣い銭が――。

何よりも皆、親にありがたがられると、それが大きな励みとなった。

これまで親からは小言ばかり食らっていたので、そういう日常が新鮮であったのだ。

新田桂三郎はというと、さすがに中西忠太も放ってはおけず、

「その後はどうだ？」

稽古の前後に、ニヤリと笑いつつ訊ねたものだ。

「まったく平穏にございます……」

桂三郎もまたニヤリと返す。

先日、御徒町の新田邸で感情を顕わにしたことが、二人共照れくさい。

それが〝ニヤリ〟となって表れるのだが、互いの頭の中には、その後どうなっているのかが気になっていた。

桂三郎と九太夫との父子の絆は、一層深いものとなったであろう。

しかし、彦太郎、益次郎、二人の兄は父の手前もあり、桂三郎を下手に突つくと痛い目に遭うとわかっているので何も言わぬものの、桂三郎には無視を決めこみ、心からの和解などあろうはずもなかった。

九太夫は桂三郎に、

「これほどの想いをして中西先生の許で学ぶのじゃ。悔いの残らぬよう励むがよい」

そのように告げて、

「兄など頼らずともよい。時には己が工夫をもって学問をいたせ、それが父にとって何よりのことじゃ」

と、すべてを任せてくれたという。

それでも桂三郎は屋敷での居心地はさぞ悪かろう。〝まったく平穏〟とは言い難いはずだと、忠太は案じるのだ。

桂三郎はというと、酒井右京亮からの誘いをはねつけ本家に逆った父を案じていたが、

「不気味なほど、本家は何も言うてはこぬ」

九太夫は、それゆえ案ずるなと彼にそっと告げた。

となれば、そこには何らかの中西忠太の根回しが働いているのに違いない。

桂三郎はそれが気にかかっていたが、泰然自若としている師に、弟子の自分が、

「何かなされましたか?」

などとは問えない。

今は、無事に暮らしておりますと応えるのみでよかろう。

それでも桂三郎は、無性に鬼の師範に甘えたくなり、

「先生、おれのような者でも、本当にいっぱしの剣客になれるのでしょうかねえ」

そんな愚にもつかぬことを問うてみたりした。

「ふふふ、なれるさ」

忠太の答えは決まっているが、それが聞きたくて仕方がなかった。

「何と言っても、お前は小野道場と中西道場の間で、取り合いになったほどの男だからのう。ははは……」

忠太は高らかに笑うと、

――ありがたくはあるが、どうしてうちの先生は、じっとしていられないのだろう。

呆れるほどの熱いお節介に目を丸くする弟子達に向かって、

「よいか。皆はおれのことを馬鹿がつくほどのお節介焼きだと思うているかもしれぬが、これは決してお節介ではない。好い恰好をしようと思うているわけでもない。おれはなあ、おれの思い通りに物ごとが進まぬとじっとしていられない、そういう性質なのだ！　どんな手を使っても、皆で強くなるぞ！」

と、吠えたのである。

三

そうこうするうちに、季節は夏になっていた。中西忠太は江戸橋を南へ進み築地へ出た。初鰹に浮かれる魚河岸を横目に、彼の主家である奥平家上屋敷はこの地にある。

先日忠太は、新田家のごたごたを知るや、すぐに主君・奥平大膳大夫昌敦に拝謁を願い、正直にこの一件を打ち明けていた。

食禄百五十石とはいえ、御家の剣術指南ともなれば、あれこれ理由をつけて主君に目通りが叶うのがありがたい。

昌敦は齢二十九。宝暦改革といわれる家政の改革に着手し、領内の商業や農政の充実を押し進める気鋭の大名であった。

武芸の奨励にも力を注いでいるので、自らも中西忠太に剣を学んでいた。

それゆえ忠太にとっては真に頼りになる主君なのである。

その日は、道具着用、竹刀使用での稽古を是非御教授させていただきたいと申し出て、

「これはおもしろそうな」

興をそそられた昌敦は、すぐに忠太を召したというわけだ。

「これはいささか工夫のいるものでございますれば、殿様と二人で稽古をしとうございまする」

忠太はさらにそのように願い出た。

慣れぬ道具での稽古である。

それゆえ武芸に秀(すぐ)れた昌敦とて無様な姿をさらすかもしれぬ。

忠太はそれに気遣う姿勢を見せたのだ。

もちろん本音を言えば、二人でいる方があれこれ頼みごとがし易くなるとの算段である。

昌敦もその辺りの忠太の狙(ねら)いはわかっているが、

「ほう、余に恥をかかさぬよう気遣うたか」

実際、道具着用の竹刀打ち込み稽古は初めてであるから、忠太の申し出をそのまま受けたのである。

それでも、忠太が靭(じん)、袍(ほう)を、

「これが我が一刀流で使いまする、靭と袍でございまする」

使い方を説きつつ献上すると、

「なるほど稽古用の鎧(よろい)というわけじゃな」

この若き殿様は、身に着けながら大いにはしゃいだ。

しかつめらしい顔をして、

「このような物を身に着けて打ち合うなど、子供の遊びではないか」

などとわかったようなことは言わぬ。

「これで存分に打ち合えるな。稽古をつけてくれ」

まず、忠太相手に実践してみた。

「殿、まずこの忠太の面をお打ちなさりませ……。さすがは殿！　ならば次は小手打ちでござりまするぞ……」

忠太は、昌敦の技を巧みに引き出し、時には打ち合った。

昌敦は大いに打ち込み稽古の楽しみを覚えて、

「うむ！　この稽古は楽しいのう。相手との間合は打ち合うてこそわかるものじゃ。気に入ったぞ」

稽古を終えると声を弾ませた。

「型や組太刀を疎(おろそ)かにしてはならぬが、型や組太刀で得た技を、いかに使いこなせるかが、これでわかり易うなる。考えよったな」

「畏れ入ります」

忠太は嬉しくなってきて、思わず新田家の一件を話すのを忘れてしまうところであった。

「これ忠太……、そなた、靭と袍とやらを献上しに参っただけではなかろう。余に何か話があったのではないのか？」

　ありがたいことに、昌敦の方から声をかけてくれた。

　さすがは英邁な君主である、家来の考えていることがわからぬようでは大名とは言えぬとばかりに頰笑んだ。

　忠太は威儀を正し、新田家の本家、分家の間で起こった騒動について告げると、

「このような小事を殿様に申し上げるのは、真に畏れ多いことながら、新田九太夫殿にこの先害が及ばぬよう、何卒お口添えを賜りとうござりまする……」

　顔から汗を流しながら懇願したのである。

「よくぞ申した！」

　昌敦は話を聞くや、

「世には武士にあるまじき痴れ者もいるようじゃ」

　と、我がことのように憤慨した。

忠太は、酒井右京亮の名は一切出さなかったし、昌敦もそこは心得ていて、

「余がそなたの喧嘩(けんか)にしゃしゃり出ては、中西忠太の名がすたろうほどに、横槍(よこやり)を入れた者の名は問わぬが、その新田九太夫なる武士に後難が降りかからぬよう話はつけてやろう」

そう言って忠太の願いを聞きいれてくれたのであった。

奥平家は、かつて長篠(ながしの)の戦いの折、僅か五百の兵をもって長篠城に籠城(ろうじょう)し武田勝頼(たけだかつより)率いる大軍と戦い、城を守り抜いた信昌(のぶまさ)を祖とする。

織田(おだ)、徳川軍の来着によって武田軍は手痛い敗戦を喫することになるのだが、その勝利を引き寄せたのが信昌であった。

その後、徳川家康は娘・亀姫(かめひめ)を信昌の妻とし、奥平家は徳川家譜代にあって、武勇の名門として一目置かれてきたのである。

昌敦も将軍家からその才気を認められ、江戸城の門の警護を命ぜられていた。

番方の役人には、一目も二目も置かれる存在なのだ。

さしずめ新田九太夫が今、立場上困っているのは本家・新田五郎兵衛との付合いであろう。

それならば、五郎兵衛を叩いておくに限る。

昌敦はすぐに番方の最高責任者と言える大番頭に談じ込み、

「我が剣の師である中西忠太をないがしろにせんとする、大番士がいると聞きまして な……」

いかに分家とて、新田九太夫ほどの硬骨の士を追い詰め、その子息を中西道場から追い出そうとするのは、考え違いも甚しい――。

と、私見を述べたのだ。

これに心を動かされぬ者はいなかった。

大番頭は配下の組頭を通じて、新田五郎兵衛に対して厳しく釘を刺した。

酒井右京亮とて、五郎兵衛が断りを入れてきた時は、裏で何者かが動いたと感じたが、それが中津十万石の領主・奥平大膳大夫昌敦とまでは想像がつかなかったであろう。

もちろん、中西忠太が奥平家に仕える身であるとは知っていたが、自儘に剣術修行を続ける彼に、十万石の殿様を容易く動かせる力があるとは思ってもいなかったのだ。

忠太が言うように、このような小事をいきなり主君に持ち込むのは、余りにも畏れ多いであろう。

だが、それをてらいなくしてのけるのが中西忠太の凄みであるし、忠太以上に熱血の士である奥平昌敦ゆえのおもしろさであった。

そして、決して自分の名が出ぬように取りはからい、また、中西忠太にことあるごとに横槍を入れる者の名を聞こうともしない昌敦の姿勢は真に当を得ている。

あくまでもお気に入りの家来・中西忠太の願いを聞き入れてやったが、彼が誰と戦っていようが知らぬ顔をしておけばよいのだ。

助け舟は出しても、すぐに引き上げるのが、十万石の大名の貫禄であろう。

そして、この日の忠太の奥平家上屋敷への出仕は、主君への御礼言上もあったが、昌敦もまた忠太に用があるらしく、奥平家から出仕するようにとの命が同時に下っていたのだ。

上屋敷に着くと、忠太は政庁ではなく、武芸場に通された。

昌敦は忠太を見るなり、

「新田九太夫の一件は、うまくいったようじゃのう」

開口一番してやったりと笑みを浮かべた。

「真に忝うございました。我が弟子も後顧の憂いなく、剣術修行に励んでおります る」

忠太は平蜘蛛のように平伏して一通り御礼を言上した。

「いや、何よりであった。余もいこう愉快じゃ」

「本日はわたくしに御用命があるとのことにて……」

「うむ。その前に、鞁と袍で稽古を所望じゃ」

「畏まりました」

昌敦は道具を着けての打ち合いを気に入ったようで、忠太を相手にしばし立合った。

忠太とて、まだ道具を着けての稽古には慣れておらず、弟子達と共に模索中であるのだが、昌敦は二度目にしてもうこつを摑んだようだ。

息子の忠蔵に劣らぬほどに打ち込んでくる。

忠太も楽しくなってきて、子供が無邪気に遊ぶかのように半刻（約一時間）ばかり二人で汗を流した。

「忠太、これは楽しいのう、余は夢中になりそうじゃ」

稽古を終えると、昌敦は大番頭に談じ込んだ一件についてはすっかりと忘れたように、中西道場の一刀流を称えた。

その上でこの若き殿様は、

「このおもしろさを伝えに、ちと旅に出てはくれぬか……」

と、命じたのである。

四

「道場の方なら、もう御案じなさらずともようございます。五日ほどのことなら我らでしっかりと稽古をしております」

中西忠蔵は、父・忠太にきっぱりと誓った。

父子は松造を伴い、久しぶりに三人で〝つたや〟に来ていた。

「うむ。まずお前に任せておけばよいのだが……」

忠太は思案顔をしていた。

主君・奥平昌敦の命は、常陸土浦への出稽古であった。

土浦九万五千石の領主・土屋能登守篤直は弱冠二十一歳の若殿で、昌敦の妹婿にあたる。

まだ幼少の折に土屋家を継ぎ、一族の土屋平八郎の補佐を受けつつ成人した。

平八郎の父は、赤穂浪士が吉良邸に討ち入った折、屋敷が隣であったことから、塀越しに高張提灯を掲げ、浪士達に武士の情けを示した旗本として知られる土屋主税である。

その血を受け継いだ平八郎に撫育されたからであろうか、篤直は領民思いの情け深い殿様に成長していた。

奥平昌敦は、義弟の篤直を慈しみ、日頃から交誼を重ねている。

文武を奨励する篤直であるが、土屋家には直心正統流の剣客・早川辰之助が指南役として家士を教授している。

直心正統流は高橋弾正左衛門が世に広めた剣術で、稽古で怪我をせぬよう防具を使用したという。

この理に感じ入って弟子となったのが山田平左衛門。長沼四郎左衛門の父親で、直心影流を初めて名乗った剣客である。

つまり中西忠太が目指す、道具着用による竹刀打ち込み稽古の基を作ったのは直心正統流・高橋弾正左衛門ということになる。

早川辰之助はこの流れを汲んでいて、〝ながぬま〟も所有しているのだが、土浦の地では道具剣術がまだ浸透していない。

辰之助も型稽古に抜群の切れ味があるので、彼に習う者もなかなか〝ながぬま〟での稽古を望まない。

そうなると辰之助も稽古相手が見つからず、若き日に学んだ〝ながぬま〟を着けての立合の技も錆びつくばかりだという。

〝ながぬま〟は持っていても、直心影流の剣士を招いて稽古をする気にもなれない。直心正統流は、流派としては同じ流れであるが、辰之助にもこれを守り続けてきた矜持(きょうじ)がある。

なまじ同じ流れであるだけに、教えは請いたくないものだ。

となれば、小野派一刀流に道具使用の稽古法を模索する中西忠太であれば、素直に互いの意見を出し合い、実によい稽古相手になるのではなかろうか。

奥平昌敦は、そのように義弟に勧めてみたのである。

常陸土浦であれば、江戸からは道中一泊すればゆったりとして着くであろう。楽で有意義な出稽古になるはずだと昌敦は言った。

なるほど忠太にとっても実になる出稽古になるだろうが、昌敦としては腕利きの家来を送り込むことで、兄としての威厳を見せたいのに違いない。

忠太と土屋家家中の士が、互いの意見を出し合うことになるとは、端(はな)から思っていなかった。

忠太が武芸場に上がれば、土屋家の家中の者達は、まったく彼に歯が立たず、ひたすら教えを請うことになろう。

昌敦はその様子を聞いて悦に入りたいのだ。

　早川辰之助にしても、主君の義兄の剣術指南役となれば心を開くはずだ。ましてや中西忠太は己が強さを誇らぬ男である。

「父上はやはり、殿様のお覚えがめでとうございますな……」

　忠蔵は囁くように言った。ここは一膳飯屋である。忠太が受けた主命を大っぴらには話せぬ。

「まずはありがたいことだ……」

　忠太も低い声で頷いた。

　十万石の大名の覚えめでたい剣術師範が、息子相手に一膳飯屋で声を潜めて話しているのも珍らしい。

　女将のお辰と、料理を拵える手伝いの娘・志乃が、そっとこの様子を眺めながら頬笑んでいた。

「何やら込みいったお話をなされているようで……」

　志乃は浪人の娘であるから、そこは心得ている。声を潜めている三人と見れば、料理を出すのもよい間をはからねばなるまい。

「こんなところで込み入った話をされてもねえ……」

「何やら誇らしげなご様子で」

「そうなのかねえ。まあ、あの先生も、あれでなかなか偉い人らしいから」

「ふふふ、そうですね」

真顔で話す中西家の面々と、それを眺めるお辰のどこか冷めた物言いが、十六の志乃にはおかしくて仕方がない。

「さて、行きますよ……」

お辰は中西父子の言葉が途切れたのを見てとって、志乃と追加の料理を運んだ。

「先生、何やら真面目なお話ですか？」

「何を言う。おれはいつも真面目な話しかせぬよ」

「そしたらおめでたい話で？」

「おれ達にとってはね」

忠蔵がニヤリと笑った。

「若旦那にとって？」

「鬼の先生が旅に出るのだよ」

「そいつは何よりですねえ」

「何よりという奴があるか」

志乃はくすくすと笑っている。忠太はそのあどけない笑顔に心が和み、

「旅といっても五、六日のことだ」

「何だ……」

「何だという奴があるか。たったそれだけだが、道場には悪太郎が六人だけになる。倅は任せてくれと言うが、はてさてどうなるものか……」

「そんなに気になるなら、六人共連れていけばいいではありませんか」

「馬鹿なことを言うな。あんなものを連れて旅に出れば、道中気苦労で寝込んでしまうわ」

「ではその間、誰か他の先生に来てもらえばどうなんです？」

「なるほど、それは思いもつかなんだ、うむ、それもよいな」

はたと膝を打った時、

「まあとにかく旅の門出にお出しすることができてようございましたよ」

お辰は軽快に、酒と奴豆腐の小鉢を並べると、志乃に目で合図を送った。

志乃はにこやかに頷くと、忠太達の眼前に、刺身が載った皿を置いた。

「おお、これは初鰹ではないか！」

忠太は潜めていた声を爆発させた。

「ちょっとだけですけどね。用意しておいたんですよ」

「これはありがたい」

「いえ、きっちりお代はいただきますから」

「そうであったな……食おう！」

忠太は言うや赤く光った鰹の刺身を、大根おろしと共に口に放り込んだ。

「うん、うまい！」

その表情は、忠蔵よりも無邪気な子供に見えた。

お辰と志乃は満面に笑みをたたえた。忠太は初鰹を噛み締めるうちに、

——そうだ。あの人に留守を頼んでみるか。

突如として脳裏に一人の男の顔が浮かんできた。

五

その男は、四谷の小さな道場の真ん中で大の字になって寝転んでいた。

熊のような大きくて肉付きのよい体に、太く短い首で繋がっている頭には、髪に白いものが交じり、顔は不精髭だらけで、目、鼻、口はどれも大作りだが、子熊のような愛敬が浮かんでいる。

男はこの道場の主で、名を福井兵右衛門という。

歳は五十絡み、道場主にしては着ている物も垢染みていて、ところどころに綻びが窺い見られる。

稽古場に兵右衛門しかいないのは、ここに彼の弟子が一人もいないことを物語っている。

――うーむ、今日も誰一人訪ねて来ぬか。

振り上げた刀が何とか梁に当たらぬという、低い天井を見上げながら兵右衛門は呟いた。

――いや、誰かいる。

武者窓の向こうから中を覗いている一人の武士の姿があった。

「おや、これはお懐かしい……」

兵右衛門はすっくと立ち上がると、窓の外の武士に笑顔を向けた。

「中西殿ではござらぬか」

武士は中西忠太であった。

「いや、お久しぶりにござりまする。先生の何とも趣のある寝姿に、見とれておりました」

「ははは、涅槃仏にでも見えましたかな」

兵右衛門は豪快に笑って、忠太を中へと請じ入れた。

「先生へのお供えは、やはりこれが何よりであろうかと……」

忠太は酒徳利を掲げてみせた。

「いやいや、これは御報謝、忝うござる」

兵右衛門はしかつめらしく頷いて、これを押しいただく。

ほのぼのとするやり取りであった。

「せっかくでござる。早速いただきましょう」

兵右衛門は板間に忠太と対座すると、茶碗に酒を注ぎ、忠太にも勧めながら、まずぐびりと喉を鳴らした。

なみなみと注いで、口から迎えにいって、好い音を響かせる。いかにも酒飲みの所作である。

「そういえば、初めて中西殿と会うた日も、某はかく寝転んでおりましたな……」

五、六年前になろうか。

所用で四谷へ出た忠太は、偶然にこの道場に行き当った。

小体ながら武骨な味わいのある道場に心惹かれたものの、武者窓の向こうからは何も音がしない。

それで気になって覗いてみれば、今日のように兵右衛門が稽古場の真ん中で、大の字になって寝転んでいたのだ。

忠太は、あまりにも堂々として屈託なく、天井を見つめる兵右衛門の様子に思わず見入ってしまった。

やがて兵右衛門は忠太に気付き、

「おや、これはお恥ずかしいところを見られてしまいましたな」

起き上がって頭を掻いた。

「いや、余りにも気持ちがよさそうで、今度某も試してみようかと……」

忠太は、ひとつ頭を下げて言葉を返した。

「ほう、では貴殿も流行らぬ道場を構えておいでで？」

「まずそんなところです」

忠太はこの時、既に練塀小路に道場を構えていたが、師・小野次郎右衛門忠一の死後、しばらくは忠一が抱えていた出稽古を引き受けたり、主家の剣術指南も忙しく、己が弟子を取り中西道場の看板を上げる機を逸していたのである。

兵右衛門は飾らぬ人柄の忠太を気に入ったようで、彼を道場に招いた上で、

「某は、新神陰一円流・福井兵右衛門と申す」

と名乗った。

「申し遅れました。某は小野派一刀流・中西忠太と申しまする」

「何と？　小野派一刀流の中西殿？　いやいや、お噂は伺うておりまするぞ」

「これは畏れ入りまする……」

「流行らぬ道場を構えているなどとはお人が悪い、中西殿ほどの剣客となれば、入門を請う者で門前は溢れかえっておりましょう」

「いやいや、そのようなことはござりませぬ」

そんな話をしつつ、その日は互いの身上から始まり剣術談義に花が咲き、やがて稽古場でそれぞれの型を披露し合った。

「いや、やはり江戸の剣術に洗われた中西殿は、太刀筋が美しゅうござる」

兵右衛門は感心したが、忠太もまた兵右衛門の力強い太刀筋に感服した。

深くは問わなかったが、この道場に門を叩く者がないのは、下野国惣社という田舎で剣を学んだ武骨さが表に出て、近頃の習いごとと化した剣術にあっては何やら恐ろしく映り敬遠されるゆえであろう。

新神陰一円流は、剣聖・上泉伊勢守門下の野中成常が興した流派であるが、今の江戸では馴染も薄い。

江戸へ出て己が剣術を広めんとしたが、道場はまったく流行らず、江戸にいくつかある新神陰一円流の道場に師範代として出向いたり、用心棒紛いの内職をしてみたりで、何とか食いつないでいるそうな。

忠太は、兵右衛門ほどの剣客が不遇な暮らしを送っていることに切なさを覚えた。

自分は奥平家で禄を食み、小野派一刀流の剣客として生きることを許され、出稽古先も抱えている。

暮らしに困らず剣術修行が出来ているのは何たる幸せであろうと、つくづく天に謝する想いであった。

「いや、またいつでも遊びにお立ち寄りくだされ」

と、兵右衛門に言われてその日は別れたものの、それから忠太は暇を見つけては四谷の道場に兵右衛門を訪ねた。

しかし、半年も経たぬうちに、兵右衛門はしばらく廻国修行に出ると言って、道場を留守にした。

幸いにも道場の家主は、福井兵右衛門を気に入っていたので、道場はそのままにしてくれることになった。

兵右衛門はそのお蔭で気儘に修行が出来たわけだが、いつ四谷に帰っているかわからぬので、忠太もやがて足を運ばなくなった。

自身も忙しく、去年は半年ばかり中津の国表での出教授を務めていたから、なかなか会える機会もなかった。

それが、少し前に旅へ出ていた兵右衛門が四谷に戻っていると、先頃噂に聞いたのである。

それゆえのこの日のおとないであったが、相変わらず弟子はおらず、以前のままである。

廻国修行に出ていたのであるから、身辺も落ち着いていまい。無理からぬことだと、酒を酌み交わしながら忠太は見てとって、

「福井先生、廻国修行からお戻りになったばかりだというに、申し訳ござりませぬが、ちとわたしの頼みを聞いてもらえませぬかな」

と持ちかけた。

「はて、中西殿の御役に立てるなら是非もござらぬが、何をすればようござる?」

「わたしは五、六日、常陸の土浦に行かねばならぬこととなりましてな。その間、我が道場の客分として、弟子共に睨(にら)みを利かせてくだされればありがたいのでござるが」

忠太は、中西道場発足までの話を手短かに話した。

「左様でござったか、いよいよ中西殿も弟子を取り、道場を開かれたか」

兵右衛門は話を聞くと我がことのように喜んでくれた。

「しかも、六人の弟子達が荒くれ揃い(ぞろ)というのがよい。道具を着けての打ち込み稽古も、おもしろそうにござる。これからの世にはそういう新しい剣術が大事になってきましょうぞ」

「荒くれ者ばかりにござるが、弟子達はなかなか好い男達でございます」

「で、ござろうな。とは申せ、睨みを利かすとは難しゅうござるな。中西殿の指南を乱してもならぬゆえ、何も教えられませぬゆえにのう」

「稽古をつけてやっていただかずともようござるゆえ、弟子達の稽古を眺めて、時におもしろい話をしてやってくだされ」

「それだけでようござるか？」

「口はばったいことをぬかせば、痛い目に遭わせてやってくださりませ」

「ははは、まさかそのような……」

「とにかく、奴らの傍(そば)にいてやってくだされ。僅かですが、それなりのお礼もいたします」

「いや、そんな礼などと……」

「お礼をするのは当り前のことでござる。福井先生の傍にいるだけで、弟子達には学ぶことがあるはず」

「お止めくだされ。某はそれほどの剣客でもござらぬ。だが、弟子というものが何を考え、どのように学ぼうとするのか。それを見て己が肥やしにしとうござる」

「福井先生も、いよいよ新たな剣術をもって、弟子を募るおつもりで？」

「いかにも。今度こそ、人に学びたいと思わせる剣術をもって、この道場に弟子を迎えたいと……」

「では、新たな流儀を開かれまするか」

「恥ずかしながら……」

「楽しみでござるな。して、その名は……？」

「神道無念流と申す」

六

その二日後。

中西忠太は主命により、常陸土浦へと旅立った。

下谷練塀小路の道場には、その間、神道無念流・福井兵右衛門が、食客として逗留するとことになった。

　六人の門人達は当惑した。

　忠蔵さえも面識のない五十絡みの剣客をいきなり連れてきて、

「おれがおらぬ間、福井先生に道場の留守をお頼みすることとなった」

と告げられたのだから無理もない。

　しかも、他流派の剣客で、神道無念流などと聞いたこともない流儀の師範であるというから尚さらだ。

　おまけに、兵右衛門は得体が知れぬ。

　長年剣一筋に生きてきて、出世よりもまず己が剣を求めるという古武士然とした男である。

　そこからは、見たことのない迫力が漂い、どうも近寄り難い。

　いかにも中西忠太と気が合いそうな剣客であるのはわかる。

　だが、その忠太でさえ、日頃何を考えているのかわからぬのだ。

「某は流儀が違うゆえ、剣術の指南はいたさぬが、後学のために皆の稽古を見させてもらいまするぞ。だがそれだけでは申し訳ないゆえ、何かあれば話し相手になろうほどに、遠慮のう声をかけてくだされ」

熊のような剣客にこう言われると、ますます不気味に思えた。

忠太は兵右衛門を招くにあたって、六人を集めてこんな話をした。

「田舎の三年、都の一年……。これはどういうことかというと、田舎で三年学問に励むより、都で一年寝ている方が実になるということだ。これを人に置きかえると、くだらぬ奴と何年付合うても己を高めてはくれぬ。だがこれはという者が傍にいると、一言二言言葉を交わしただけで、己をよい方へ導いてくれるものだ。おれがおらぬ間、福井兵右衛門先生をよく見ておくがよい」

まったく、わかるような、わからぬような話である。

つまり、福井兵右衛門は、傍にいるだけで自分達六人に幸せを授けてくれる人ということであろうか。

だが一日過ごしただけで、六人は首を傾げざるをえなかった。

「いったいうちの先生は、どういうつもりで福井先生を呼んだのであろうな」

稽古場の掃除をしながら忠蔵が呟くように言うと、市之助と桂三郎は神妙に頷いて、

「まあ、おれ達六人を置いて道場を空けるのが、ただただ心許なかったのだろう」

「ああ、つい先だっても魚河岸でやっちまったからな」

と、顔をしかめた。

「福井先生は腕っ節が強そうだから押さえになるってことか」

新右衛門も相槌を打った。

「だがよう、傍にいるだけで、おれ達のためになる人なのかねえ」

「酒と飯と小遣い銭にありつこうとして、道場に来たような……」

大蔵と伊兵衛は溜息交じりに言った。

その指摘は実に的を射たものだ。

兵右衛門は、見所に座って忠蔵達六人の稽古を見つめていたが、熱心に見ているわけではない。

時折、母屋に与えられた客間に戻り、好い顔色になって戻ってくると、居眠りを始める。

「ありゃあ、一杯やっているぜ」

市之助はそのように見ている。

それは真実である。

福井兵右衛門とて、見知らぬ若い連中の拙い稽古を長々と見せられても退屈なだけだ。

中西忠太には、わざわざ自分を気にかけて訪ねてくれた恩義はあるが、他流儀の若い剣士達の御守り（おも）など本心ではあれこれ理由をつけて断りたかった。

だが、酒と飯は〝つたや〟で忠太の付けで飲み食い出来る。

さらに忠太は、礼金だといって二分を包んでくれた。

これは兵右衛門にとって実にありがたかった。それゆえ、

「弟子というものが何を考え、どのように学ぼうとするのか。それを見て己が肥やしにしとうござる」

などと言ったのは否めない。

確かに中西道場には興をそそられる。神道無念流剣術を創設したのだ。これからは四谷の道場が門人達で溢れかえるようにせねばなるまい。

新興の道場であるから、初めから出来のよい弟子など入門しないはずだ。

中西道場の悪太郎達と接していれば、その取り扱いもわかるというものである。

兵右衛門は、それゆえこ度の留守を引き受けたのだと、自分に言い聞かせたが、

――いや、とどのつまりは、酒と飯と礼金目当てなのだ。

自分の本心は騙（だま）しきれない。

中西忠太と別れ、いざ中西道場の見所に座り、六人の威勢のよい稽古を見ていると、中西忠太の充実ぶりばかりが頭を過（よぎ）り、素直な想いでいられなかった。

心を落ち着かせようとして、そっと酒を飲んだ。大酒飲みは気つけの一杯などではすまない。一杯のつもりが五、六杯となり、見所に戻ると心は落ち着くものの、次第に睡魔に襲われた。

この日六人は、道具着用による竹刀での打ち込み稽古はしなかった。

初日は互いの顔合せの意味も込めて早めに終えるようにと、忠太が弟子達に告げていたからだ。

それゆえ型、組太刀、素振りに汗を流したが、兵右衛門にとっては、以前にも何度か小野派一刀流の型、組太刀は見ている。

――うむ、なかなかの腕じゃのう。

とは認めたが、それなりに剣を極めた兵右衛門には、さほど珍しいものではない。

心動かされぬものを見ていると睡魔が勝る。思わず見所で眠ってしまったというわけだ。

六人の門人達は、それが豪傑ゆえの居眠りなのか、ただの酒飲みなのか、そもそもいい加減な男なのか、それとも自分達の剣術が見るに堪えない出来なのか――。

理解に苦しむうちに稽古が終ったのだ。

福井兵右衛門は、豪快な酒飲みで、確かにいい加減なところもあるが、意外や細心で考え込むことも多い。

さすがにこれでは気まずいと、稽古が終って、

「何かお言葉を賜りとうございます」

忠蔵が六人を代表して問うたのに対して、

「いやいや、型と組太刀はなかなかのものであったぞ。見ていて心地よいので、ははは、眠うなった。すまぬ、すまぬ。だが下手な型や組太刀はうるそうて見苦しゅうて眠らせてもくれぬゆえにのう」

このように応えたものだが、まるで言い訳にもなっていなかった。

六人は何と言ってよいかわからず、とりあえずこの剣客を知らねばなるまいと、新右衛門が気を利かして、

「先生は、いかにして神道無念流の境地を開かれたのでしょう……」

と訊ねた。

さすがは何ごとにも蘊蓄を傾ける新右衛門である。真に当を得た問いであった。

「うむ、さればこそ……!」

ずっと眠そうにしていた兵右衛門の目が輝いた。

「諸国行脚をなし、信州(しんしゅう)は戸隠(とがくし)の飯綱明神(いづなみょうじん)に参籠(さんろう)した折のことじゃ」

兵右衛門の総身からおびただしい剣気が放たれたように思えて、六人は自ずと姿勢を正した。

「すると、俄に一人の老人が現れてのう、七日にわたって、このおれに剣の極意を授けてくだされたのじゃ」

「その老人は、何というお方なのです？」

市之助が身を乗り出した。

「それがのう、せめて御姓名の儀を、別れに際してそう願うたのじゃが、御老人は〝お前は生まれた時に姓名があったか〟と申された」

六人は小首を傾げた。

「生まれた時に姓名があったかというとそうでもないのが人じゃ。ただの肉の塊に名を付けられ精神を吹き込まれて初めて人となる。そう思うたゆえ、〝生まれた時に姓名などありませぬ〟と応えた。すると御老人は、〝そうであろう。わしが今ここへ来たのも、それと同じことじゃ〟と申されたかと思うと、その場から消えてしもうたのじゃ」

「ほう……」

六人はぽかんとするしかない。

「無念の境地にあって、神と覚しき老人から授かった技を、立居合十二剣としてまとめ、これぞ神道無念流と称したのじゃ」

兵右衛門は、感じ入ったかのように目を床に向けて畏まる六人を満足そうに見て、

「また、明日、稽古を見せてもらう。大いに励んでくれ」

そう言い置いて客間へと下がった。

そして六人は掃除をしながら複雑な表情を浮かべているというわけだ。

「まあ、酒を飲んで居眠りをしていたのは確かだな。おれ達の稽古が心地よくて眠ってしまったとはよく言ったもんだ」

忠蔵が言った。

「忠さんも大変だな」

市之助が労(いたわ)るような目を向けた。

自分達は稽古が終れば帰ってしまうが、忠蔵は、道場で共に過ごさねばならぬのだ。

松造は、忠太の供をして土浦へ立った。

兵右衛門は、忠太の息子である忠蔵との対面に際し、立派な息子だと感慨深げに頷くと、

「おれのことなら、一切構うてくれずともよいゆえ、気を遣わんでくれ」

そのように言ったが、湯茶の仕度など放っておくわけにもいかぬのだ。

「いきなり神が現れたら困るねえ……」

大蔵が言った。

「お前は生まれた時に姓名があったか……、何て訊かれたら応えようがないよ」

伊兵衛が続けた。

「本当に七日の間、神が極意を授けてくれたのかねえ」

「馬鹿野郎、そんなはずがないだろう」

新右衛門が咎めるように言った。

「まず、そういう夢を見たんだろうなあ」

桂三郎の物言いがどこかおかしくて、六人はふふふと鼻を鳴らした。

「神道無念流の〝む〟は〝夢〟という字を書くんじゃあねえのか？　老人が出てきた時も酒飲んで居眠りをしていたとか……」

市之助が止めを刺した。

六人は堪らず笑い転げた。

夢想を現のごとく語る福井兵右衛門を思うと、若い六人はもう笑うしかなかったのだ。

七

「茶をお持ちしました……」

その夜、忠蔵は福井兵右衛門が宿る客間へ、茶の入った急須を届けた。

「これはすまぬな」

兵右衛門は、稽古が終ってから、〝つたや〟で食事をとったようだが、部屋へ戻ってからは、ちびりちびりと酒を飲んでいたと見える。

「そなたの親父殿は、何ゆえおれをここへ呼んだのであろうのう」

兵右衛門は、下がろうとする忠蔵にぽつりと言った。

「父は何と……？」

「おれの傍にいるだけで、弟子達には学ぶことがあるだろうとな」

「わたし達もそのように言われております」

「とんだかいかぶりじゃ」

兵右衛門は小さく笑って、

「一杯やらぬか？」

と、酒を勧めた。

「では、一杯だけ頂戴(ちょうだい)します」

「これはありがたい。ずっと一人で飲んでいてもつまらぬのでな」

兵右衛門は、にこりと笑って今忠蔵が持参した茶碗に酒を注いで忠蔵に勧めた。

「この福井兵右衛門は主家もなく、剣で方便(たつき)を立てておる。中西殿に頼まれたらこれも仕事だ。言われた通り、帰ってくるまでの間、留守を務めればよいだけのことだ。だが、おれはついあれこれと考えてしまう性質でのう」

「父にもそのようなところがございまする」

「そういえばそうかもしれぬ。それほどの付合いもないおれに留守を頼むなど、変わり者という他はないが。どこか似ていると思うたのかのう……。いや、これは戯言(ざれごと)じゃ。そなたの親父殿は立派な人じゃ。おれとはまるで違う」

忠蔵は愛想笑いを浮かべて、酒を飲むことで間をとった。

若者は、大人からこういう話をされると言葉に詰る。

忠太に似ていると応えるべきか、似ていないと応えるべきか――。

どちらにしても、何やら無礼であるような気がする。

だが、兵右衛門は特に応えを求めてくるわけでもなく、中西忠太の息子ゆえに、あれこれ話さぬと気がすまぬといった調子で言葉を重ねた。

それならば忠太の相手で慣れているので楽である。忠蔵はほろほろと回ってきた酔いに任せて、ただ頷いていればよい。

「小野派一刀流の宗家から睨まれようが、それをものともせずに己が剣術を切り拓(ひら)かんとする……。なかなかできることではない。ここへ来て、中西忠太がいかに偉大なる剣客かが、ひしひしと身に迫ってきた……」

——そのわりには、酒を飲んで寝ていたではないか。

忠蔵はその言葉を呑(の)み込んだが、父が見込んだ剣客が、それほどまでに許してくれるのは気分がよかった。

「それに比べて福井兵右衛門はどうもいかぬ。今まで何をしてきたのか……」

「しかし、先生は諸国行脚をなされて、戸隠で剣の極意を得られたのでござりましょう。これはなかなかできることではござりませぬ」

「誰でもできるさ」

「そうでしょうか」

「ああ、暇があればな」

兵右衛門は自嘲気味に笑った。

「武芸者はいかぬ。己が行く先に詰ると、すぐ山に籠(こも)りたがる。そこに天狗(てんぐ)がいるわけでもあるまいにのう」

――いや、しかし、戸隠で神のごとき老人が現れて、極意を授けてくれたのではなかったのか。

忠蔵は、また言葉を呑み込んだ。

――確かにこういうところは、父に似ている。

「若いというは、真によいのう。そなたの歳に戻りたい」

「左様で……」

「うむ。今のこの頭の中身だけを持って、若い頃に戻りたい。そうすれば、もう少し分別があって、かわいげのある男でいられるであろうにのう」

「若い頃は先生も、随分と暴れておいででございましたか?」

「ああ、噂に聞くそなた達六人のようにのう。と申しても、そなた達のようなかわいげもなかったし、分別を得るのに随分と刻がかかった気がする」

いかついような愛敬のあるような、そんな熊のような顔を何度も縦に振りながら、兵右衛門はつくづくと言った。

ここは何か言わねばならぬ。父・忠太は、頷いて聞いているばかりでは時に機嫌が悪くなるのだ。

「先生、しかし分別があると、厳しい稽古をするのが嫌になります。荒くれているからこそ、負けるものかと堪えていられるのだと思います……」

忠蔵は顔をしかめながら言った。

「なるほど、それも道理じゃのう。今のこの緩みきった頭を持って若い頃に戻るなど、とんでもないのう。そなたの言う通りじゃ」

兵右衛門は高らかに笑うと、

「そうじゃ、中西殿が何ゆえおれをここへ呼んで留守を託したか、それはそなた達に〝気をつけねばこういう剣客になってしまうぞ〟という戒め(いまし)を与える意味じゃ。うむ、そうに違いない！」

楽しそうに言った。

「いや、それは……」

違うと言いたい忠蔵を制して、

「他意はない。そういうことにしておこう。すまぬのう。おれは考え出すと何か答えを出さぬと気がすまぬ性質でのう。もっとも、明日になれば、また答えが変わっているかもしれぬがのう」

兵右衛門はまた何度も大きな頭を縦に振って、その夜は忠蔵との会話を終えたのである。

八

翌朝になって福井兵右衛門は、井戸端で顔を洗うと、稽古場の掃除に出た中西忠蔵に、

「昨夜はくだらぬ話に付合せてすまなんだのう……」

明るく挨拶を交わし、〝つたや〟で朝餉をとった。ここではお辰相手に、

「いやいや、ほんに中西先生は大したお人ですな！」

忠太を誉めそやし、店の客達を大いに笑わせた。

――この日は心を入れ替えて、潑剌とした剣客ぶりを見せてくださるのだな。

忠蔵はそのように見たが、六人揃って兵右衛門に礼をすると、

「今日もまた励んでくだされ、楽しみにしておりますぞ！」

その時は元気に言葉を返したが、稽古が始まるとすぐに客間へ戻り、やがて戻ってきてまた見所で居眠りを始めた。

気をつけねばこういう剣客になってしまうぞ――。

その答えをまさか体現しようと考えたわけでもなかろうが、

「おい、また一杯やって寝てるぞ」

「いっそ客間で寝てればいいのにな」

「そうだよ。わざわざ稽古を見ることもないぜ」

「まあそこは、妙に義理堅いのかもしれないなあ」

「もしかすると、中西先生が何か仕組んだのかもしれないよ」

門人達は代わる代わる忠蔵に囁きにくる始末であった。

困った先生だ――。

忠蔵は当惑した。

これは福井兵右衛門独特の悪戯心によるものだろうか。

留守を頼まれたというのに、二日続けて門人達の稽古も見ずに見所で居眠りをするとは考えられない。

寝たふりをして、そうっと稽古を窺っているのかもしれない。

その辺りがさっぱり読めないのである。

昨夜、兵右衛門がぽつりぽつりと話してくれた話を思い出すと、彼は中西忠太に比べて自分はいったい何をしてきたのかという悲哀を胸にいだいているように思えた。

それはこの日も続いていて、そういう悲哀から逃れんとして酒で景気を付け、型、組太刀という、どちらかと言うと単調な稽古を見るうちに眠気に見舞われたのだろうか。

それならそれでよい。別段稽古の邪魔をしているわけではない。

だが中西忠太がこれと見込んだ剣客である。そこに何か意味があるかもしれぬと思うと、若い忠蔵には不気味でならないのだ。

門人達は、ちらりちらりと兵右衛門を窺いながら稽古を続けた。

ずっと眠っているわけではない。

ぐっと目を見開いて、六人を厳しい表情で睨みつける瞬間があった。

その目力の凄さは、六人に緊張を覚えさせたものだが、恐る恐る見返すと、もう目がとろんとしている。

――おれは居眠りなどしておらぬぞ！　稽古を見てここぞというところを目に焼き付けんとしているのだ！

と、取り繕うために、時折目を見開いているだけにも見える。

――とどのつまりは、見ていておもしろくないのであろう。

門人達の想いは結局そこに落ち着いた。

それが証拠に、昨日はしなかった靱、袍を着けての稽古になると、すっくと立ち上

がり、稽古場に降りてきて、

「なるほど、それが噂に聞く靱と袍じゃな。う〜む、よくできておる。そのように身に着けるのじゃな」

たちまち大きな声をあげた。

「以前に〝ながぬま〟を見たことがあるが、これはさらに動き易うできておるのう。中西殿の話では、道具はそなた達が自ら工夫して拵えるとか。これから剣を学ぶ者は、手先も器用でのうてはならぬのう。おれのような太くて短かい指ではどうしようもない……」

それからはやたらと饒舌になり、靱と袍について語ったものだ。

「ならば、打ち込み稽古を見させてもらおう」

兵右衛門は再び見所に戻ると、身を乗り出すようにして六人を凝視した。

しかし、ずっと居眠りをしていた兵右衛門に見つめられると、六人はそれはそれで妙な緊張を覚えた。

それからは、忠太が考案した面打ち、小手打ち、さらに小手から面、面から面、面から小手の連続技をひたすら打ち込んだ。

その間は真に気合が入って、中西忠太はそのために福井兵右衛門を呼んだのかと、納得がいったのだが、これもまた反復すると、兵右衛門は居眠りをしていた。

するると、六人の気持ちに、

――このおやじを眠らせてなるものか。

という感情が湧いてきて、稽古は激しいものになった。

その甲斐があってか、しばらく兵右衛門はこっくりこっくりと居眠りしていたが、やがて地稽古になるとまた目をかっと開けて身を乗り出した。

しばし門人達が立合う姿を眺めると、彼はまた稽古場に降りて立合を中断させた。

「この立合は、仕合とはまた趣が違うのじゃな」

そして六人にとっては言わずもがなの質問をした。

つまり互いに相手に打たれてもよいゆえ、思う技を繰り出し、いかにすれば技が相手に入るかを確かめる。またそうすることで相手が打ってきた技に対してどう応えるかを体で覚える。

それを積み重ねた上で仕合に臨むのが、中西忠太が示した稽古法であった。

初めて中西忠太に会った時、彼は兵右衛門に、近頃の習いごとと化した剣術を憂えていた。

それは兵右衛門とて同感であった。

剣客は仕合で優劣をつけねば、型、組太刀だけでは真の強さは判断出来まい。自ずと権威ある者が認められ、その権威に取り入ることが剣の上達への早道であるとなりかねない。

「いつかこれを改めたいと思うておりまする」

忠太はそう言っていた。

そして、先日久しぶりに再会した折、彼は鞁、袍なる道具を使い、実際に竹刀で打ち合う稽古を始めたと告げた。

だが口で説いたとてわかるものではない。

百聞は一見にしかずという。

忠太は道場の留守を任せることで、まずその目でしっかりと見てもらいたいと思ったのであろう。

兵右衛門は飲み食いと礼金に引かれて中西道場へやって来たことは否めないが、ただひとつ興をそそられていたのは、道具と四つ割竹刀による打ち込み稽古であった。

そしてそれは思った以上のおもしろさであった。

「立合はあくまでも稽古でござりまするゆえ、打った、打たれておらぬを言い合うのではなく、己が想いを技に込めひたすら打てと教えられております」

市之助が力強く応えた。

一度は中西道場をも破門になり、一人遅れをとった市之助は、その分誰よりもこの稽古に想いが強く、工夫を重ねているのである。

「うーむ……」

「神道無念流でも、是非この稽古を取り入れていただきとうござりまする」

市之助は、感じ入る兵右衛門に言った。

「何ゆえそう思う」

兵右衛門は小癪(こしやく)な奴めと市之助を見たが、

「少しでも多くの流派がこの稽古を取り入れてくだされば、我らも先生の御弟子と仕合ができまするゆえ」

爽(さわ)やかに応えられ、

「ははは、今はまだ弟子も持たぬ身じゃが、それはよいな。そうして、仕合が終れば皆で一杯やるか……。うむ、考えねばなるまいな」

再び見所に戻り、しばし六人の立合に見入っていたのである。

九

常陸国土浦は、水戸街道にあって千住宿から数えて十二番目の宿場町である。

江戸から九州中津の旅も何度かこなしている中西忠太にとっては、大したことのない距離といえよう。

七つ発ちをすれば一日でも行けようが、間に牛久宿で一泊し、翌朝一気に土浦へと向かった。

霞ヶ浦の景観が忠太の目に突き刺さるようにとび込んでくる。

青い大湖は、水運、漁猟、用水、あらゆる利を町にもたらしてきた。

土浦城は、湖畔の小丘に築かれている。

湖に繋がる桜川の水を引いた堀を幾重にも巡らし、城郭や城下町を形成している様子が、亀甲のように映るゆえ〝亀城〟とも呼ばれている。

「松造、時には旅へ出ねばならぬな」

忠太は水郷に浮かぶ白亜の城を眺めながら溜息をついた。

江戸城の威容にははるかに及ばぬが、土屋家九万五千石の象徴として真に相応しく、誇らしげに見える。

忠太の目には、城が泰平の印に見えた。

そもそもは戦の度に戦火に見舞われ、多くの血が流された軍事拠点であったはずだが、こうして見ると為政者の威光と美意識ばかりが感じられるのだ。

「忠蔵達はいかがいたしているだろうのう」

忠太は想像するだけでおかしかった。

福井兵右衛門には、

「ただいてくださるだけでよろしゅうござる」

と言ってあった。

剣術道場の留守などを託されると、余の剣客なら若い門人に対して、つい教えたくなるものだ。

己が人生を見つめ直す意味をも込めて、剣術について語るであろう。

だが兵右衛門はそれをせぬはずだ。

ただいるだけでよいと言うならそれこそ幸い。そうさせていただこうと、てらいもなく酒でも飲んで見所で暇を潰すに違いない。

中西忠太の弟子に対して、自分が教えるべきことは何もないし、教えねばならぬ謂れはないのだ。

剣術は教えられて強くなるものではないと兵右衛門は思っている。強い者に憧れ、その相手に叩き伏せられる。それを繰り返すうちに強くなるというのが信条だ。

そこが、ついお節介を焼いてしまい、無理矢理にでも若い者を導かんとする忠太とはまるで違う。

所詮自分と若い者とは技量が違うのだ。教えたとて出来ぬ者がほとんどだ。

それならば自分を見て、出来そうなところだけを勝手に真似て強くなればよい。

兵右衛門はそういう態度で相手に挑む。

それゆえ彼には弟子が寄りつかないのである。

寄りつかぬなら寄りつかぬでよい。自分自身がまだ修行中の身で、弟子になど構ってはおられぬ。

そして彼は神道無念流の境地を得た。

剣客としては真に羨ましい限りだと忠太は思う。

奥平家の家臣であり、小野派一刀流の高弟と目される忠太には、終生一剣客であろうとする兵右衛門が眩しく映る。

とはいえ、一流を興した兵右衛門も五十を過ぎた今、この神道無念流を受け継いでくれる弟子がいればどれだけ自分にとって励みとなるだろうと思って、忠太の現在の充実ぶりを羨ましがっている。

互いに自分にないところを認めているからこそ、忠太と兵右衛門は気が合うのだ。

付合いは浅いが心惹かれる剣友に、忠太はやはりお節介を焼きたくなってくる。

弟子がいればと願っても、兵右衛門の若い剣士達に対する想いはなかなか変わるまい。

「勝手におれから術を盗み、勝手に己がものとすればよい」

あくまでもそのような姿勢を貫くであろう。

しかし、世には自分達剣客が導いてやらねばならぬ若い剣士もいる。その姿を間近で兵右衛門に見せてやろう。中西忠太がそこにいなければ、自分の思うように接することが出来るはずだ。

弟子達にとっても、福井兵右衛門のような剣客に接するのは初めてであるから、この得体の知れぬ怪物に戸惑いつつ、何かを盗んでくれたらこの上もない喜びだ。

嚙み合わぬ老剣客と六人の門人――。

帰った時に、互いに何を摑んでいるのかが、忠太の楽しみであった。

そして土浦での僅かな一時が、自分の剣に何を与えてくれるのか。このところは酒

井右京亮とのせめぎ合いにいささか疲れていた忠太は、

「旦那様のお側にいると、珍しいものを見ることができて、真に幸せにございます」

供の松造が喜ぶ顔に心を癒されながら、土浦城の門を潜った。

主君・奥平昌敦の義弟・土屋能登守篤直は、涼しげな若殿であった。

能登守は忠太の来着を知るや、すぐに引見して労ったかと思うと、自らが案内役を務め、忠太を武芸場へと連れていった。

家督を継いだ時は幼少であったため、能登守は江戸で育てられ、十九になった時に初めて土浦への帰城が許された。

それからはまだ見ぬ所領へ馳せた想いを爆発させるように、彼は領内のイモ、ゴボウ、梅、菊、鯉などの産物の育成に力を注ぎ、せっせと江戸へ送った。

家中の子弟には文武を奨励し、自らも和歌を詠むなどした。

あれこれと興をそそられるものは後を絶たず、二年の間にたちまち名君ぶりを示したのである。

そしてこの日。奥平昌敦から勧められた、道具着用による竹刀打ち込み稽古を、中西忠太の演武で早速観覧したのである。

相手を務めるのは件の剣術指南役・早川辰之助であった。

初対面の挨拶もほどほどに、忠太は直心影流師範・長沼四郎左衛門の厚意によって、〝ながぬま〟を基に自ら考案した鞍、袍による稽古法を辰之助に説いた。

前述のごとく、辰之助が修めた直心正統流は、道具着用による立合が行われているが、辰之助は長くこの稽古法を取り入れていなかった。

忠太は持参した鞍と袍を身に着けた上で、〝ながぬま〟を着用した辰之助と申し合せの上、まず小野派一刀流中西道場の技を披露した。

防具の上からとはいえ、実際に相手の体に竹刀が当るのである。

これを見慣れぬ能登守や国老達は、その迫力に感嘆した。

「辰之助、それは痛うないのか？」

問いかける能登守の声はやさしげで心和んだ。

「はい、中西先生ほどの御方に打たれると、心地ようござりまする」

辰之助は、忠太より少し歳が下であろうか、竹刀を構えるや、忠太の技量が並々でないと察し、終始敬意を払ったものだ。

辰之助は能登守に、忠太との立合の許しを乞い、これを許されると、

「どうか手加減なきように願いまする」

と竹刀を合わせた。

明らかに自分より強いとわかる相手に、指南役の立場にありながら、堂々と立合を望む早川辰之助の姿勢は、忠太の目から見ても清々しかった。

「ならば、いざ……」

忠太はこれを長沼四郎左衛門、長沼活然斎師弟との立合以来の僥倖と喜び、気合を充実させた。

辰之助にとっても、久しぶりに手合せ出来た相手が、小野派一刀流に名高き中西忠太であるから力が入る。

どうせ敵わぬ相手なら思い切って技を出さんと、

「えいッ！　やあッ！」

裂帛の気合で打ち込んだ。

忠太はこれを次々と受け止めて、ここぞという間合で、面と小手をひとつずつ打ち込んだ。

「うむ、参った……」

という辰之助の顔が、面鉄の向こうに窺えたが、

「まだ、まだ！」

忠太は勝負をしているのではない。これはあくまでも稽古なのだと知らしめるよう

に、辰之助の技を引き出して、

「うむ！　お見事でござる！」

一本面を打たせて立合を終えたのである。

十

土屋能登守は、中西忠太の立合を見て大いに満足をした。

早川辰之助には、〝ながぬま〟を着用しての稽古も家中の若い士にさせればよい。

型も大事にせねばならぬが、やはり武芸は相手とぶつかり合ってのものであると告げて、

「稽古の仕方がまとまれば、辰之助、余にも立合を教えてくれ」

と命じた。

中西忠太は奥平家の剣術指南であるから、自らの指南はあくまで早川辰之助に任せようという能登守の配慮であった。

それからは、早川辰之助を始め土屋家の腕自慢を集めての小野派一刀流の型、組太刀の講義となった。

実技を交えて剣の理を説く。

諸家に招かれる時に忠太がいつも行うものだが、ひとつの流儀に凝り固まらずに、学べることがあれば貪欲に取り入れる。

若き君主の下、土屋家の若侍達は希望に燃えているような勢いがある。

日暮れてからは〝乗松亭〟なる庵に招かれた。

これは城の南東にある小松の高台に、今年になって築かれた、能登守自慢の小さな別邸であった。

能登守はここに国表の老臣を呼び、時に酒を酌み交わし、風流を楽しみながら家政についての談合をするという。

「これは美しゅうござりまするな」

忠太は感嘆した。この高台からははるかに筑波山が望まれ、城下、霞ヶ浦に至るまで土浦領内が見渡せる。

領内について語るには恰好の場であるし、帰城が許されるようになって二年、少しでも領主として一帯を目に焼き付けておきたい気持ちの表れであろう。

「能登守は性温厚にして、慈悲深い男でのう。このような大名が、これからの世を変えていくに違いない。そこでそなたは、これからの剣術がどうあるべきか考えるがよかろう」

主君・奥平昌敦は忠太にそのように言って土浦へ送り出した。

そして能登守の側近くにいると、このような君主がいる限り、土浦は元より日の本の国が泰平を謳歌することが叶うであろうと思われた。

今宵は月が出るという。

能登守は観月の宴に忠太を呼んだのである。

それが義兄・大膳大夫昌敦への、能登守なりの礼節なのであろうか、この美しき若殿は忠太を側近くに召すと、

「道具を着けての稽古は、江戸ではまだ流行らぬか」

剣術界の動向を訊ねた。

剣術は武士の間で、子女の生け花や茶の湯のような習いごとに成っていくのではないかと、能登守は危惧している。

とはいえ、命を奪い合うような危ないものであってもいけないとも考えている。

「余は随分と気に入ったがのう……」

能登守は忠太に、思慮深い表情で伝えたものだ。

「そのお言葉は何よりの励みとなりまする。さりながら、道具を着けての稽古は、まだまだ流行りそうにはござりませぬ」

忠太は畏まって応えた。

「左様か……」

「ははッ。道具を着けて竹刀で打ち合う、そのようなものは子供の遊びに過ぎぬと、これを認めぬ剣術師範は未だ多うござりますゆえ……」

「子供の遊びとな？　ふふふ、余はむしろ子供の遊びであってもらいたい」

能登守は頰笑んだ。

「そなたのような剣の師には釈迦に説法と申すものじゃが、武士は人を斬るのが本分ではない。何かことに当って死ぬ覚悟ができているのが真の武士と余は思うている。いざとなれば嫌でも戦わねばならぬのが武士じゃ。剣が遣えずとも、死ぬ気になれば強い相手を斬ることもできる。だが剣は遣えた方が便利じゃ。ならば子供が遊ぶように稽古をいたせばよいではないか」

忠太は感じ入って深々と頭を下げた。

自分にとっては子供くらいの年恰好の能登守の言葉が、彼の魂を安らかにしていた。

人の上に立つ身として生まれてきた能登守は、剣術をいかに世の中において使いこなすかの智恵が既に備っているのだ。

「見よ。月が美しい……」

〝乗松亭〟の庭から見る月はまた、格別の光を放っていた。

月明かりに照らされた能登守の横顔を窺い見ると、忠太の脳裏に六人の弟子の面影が次々に浮かんだ。

――子供の遊びと言われて腹を立てていることこそが子供ではないか。

そもそも男は幾つになっても子供だという。

あの六人と、これからの平穏なる世を、とことん遊んでやろう。

忠太は江戸の方を見て、にこやかに頷いてみせた。

十一

さて、江戸下谷練塀小路に集う六人の子供達はというと――。

中西忠太から留守を託された福井兵右衛門に対して、日々苛々(いらいら)を募らせていた。

この風変わりな剣客と顔をつき合わせてから五日になる。

一度は、鞁、袍を着けての稽古を見て大いに興をそそられて、やがて神道無念流でも、この稽古法を取り入れることを、

「うむ、考えねばなるまいな」

と、神妙な面持ちで語ったものだが、六人の竹刀打ち込み稽古や立合を真剣に見て

いたのはほんの一瞬であった。

翌日からは、鞡、袍を着けての稽古の折はそれなりに目を向けているものの、見所に座っているうちの半分はまた居眠りしていた。

忠蔵の話では、夜に半刻、早朝に半刻ばかり兵右衛門は稽古場で一人、型稽古に汗を流しているそうだが、その他は〝つたや〟で飲食をしているか、客間で酒を飲み、書見をしているだけの暮らしだという。

忠蔵がそっと窺うと、兵右衛門の型は豪快な太刀捌きが身上で、戸隠に現れたという神の老人相手に立合っているような、壮厳な剣気が漂っていたという。

〝つたや〟での評判も上々で、言葉少なだが時折発する言葉がおもしろくて、

「中西先生にもああいう味わいがあればよろしゅうございますねえ」

お辰は、いささかお喋りが過ぎる中西忠太を引き合いに出して、兵右衛門を大いに歓迎しているらしい。

もちろん、中西忠太ほどの者がこれと見込んで連れてきたのだから、それなりの腕があり、忠太好みのおかしみのある剣客であるのは門人達六人にもわかっている。

だが六人はどうも、馬鹿にされているような気になっていた。

特に稽古に口を出すわけでもないし、説教をするわけでもない。

見所で居眠りをしていたとて放っておけばよいのだが、傍にいてくれるだけでためになるという触れ込みは何だったのか。

「福井先生をよく見ておくがよい」

と、師・中西忠太は言ったが、居眠りしている姿も見飽きたし、兵右衛門自身も見所が退屈になったか、三日目くらいになると、型や組太刀の折はどこかに出かけることも多くなっていた。

いったい何を見ればよいのか。

兵右衛門は、

「何かあれば話し相手になろうほどに、遠慮のう声をかけてくだされ」

と初めに言ったが、これでは声のかけようもない。

下手に何かを問うて、戸隠の老人の話などされても、わけがわからない。

竹刀打ち込み稽古に興をそそられた様子を見せたが、自分も稽古に加えてくれとは言わない。

福井兵右衛門は、自分達を馬鹿にしきっている――。

つまるところ六人の想いはそこへ行きついたのである。

忠蔵には酒を飲みつつ自分を卑下して、中西忠太が自分をここに呼んだのは、

「そなた達に〝気をつけねばこういう剣客になってしまうぞ〟という戒めを与える意味じゃ。うむ、そうに違いない！」

と話したわけだが、それが謙遜(けんそん)ではなく本当にそうであったのかと思えてきた。

「もうあんなおやじ、どうだっていいけどよう。このまま先生が帰ってきて、はいお達者で……、でいいのかねえ」

この日の朝の掃除の折、市之助が切り出した。

中西道場に戻ってからは、ひたすら猛稽古に堪え、母への孝養を尽くしてきた市之助であるが、やさぐれた気性は未だ健在であった。

そしてそういう利かぬ気が六人を支えているのは事実でもある。

「まあ、こうして刻を同じくしたのだ。何か心に残ることがないと、おもしろくはないな」

忠蔵の意見は、皆の想いを代弁していた。

「そろそろ先生が土浦から帰ってくる。何かこれだけの稽古をしましたと言えるものがねえと恰好がつかねえぜ」

桂三郎が腕組みをした。

この若者も、利かぬ気ひとつでここまできたが、中西忠太への思慕は強い。

業腹だ」

「何だお前達は、福井先生から何ひとつ教わらなかったのか」

とは言われたくないのだ。

「それはまあ、桂三郎の言う通りだな。得体の知れねえおやじだが、避けて通るのも業腹だ」

新右衛門が言った。大蔵と伊兵衛が相槌を打った。

「中西先生に喧嘩を売った時のように、福井先生をちょいと怒らせてみるかい？」

市之助が声を潜めた。

怒らせれば、酒を飲んで寝ているだけの兵右衛門も、

「よし、相手になってやろう」

となるはずだ。

鞦、袍は着け慣れていないであろうから、袋竹刀で立合ったとて構わない。

兵右衛門が真に強い剣客なら、自分達に大怪我は負わせないだろう。

どうせ来たるべき小野道場の若手との仕合は、袋竹刀での対戦となるはずだ。今からその感覚を鍛えておくのも悪くはなかろう。

門人達は血の気が多く、向こう見ずな者ばかりだ。一様に鋭い目をして頷いたが、ここで一つ間を空けるよう、皆を落ち着かせるのが忠蔵の役割である。

「福井先生に相手をしてもらうのは好いが、下手に怒らせると、うちの鬼が帰った時に、一万本くらい素振りをさせられるはめになるかもしれぬぞ」

まず宥めて、

「喧嘩を売るのではなく、福井先生の方から、相手になってやると言わせるように持っていった方がよくないか？」

と五人を見廻した。

それもそうだと五人も納得したが、どうすればよいものかと低く唸った。

忠蔵はにこやかに稽古場の刀架に寄って、稽古刀の〝いせや〟を手に取ると、

「まだこれを使った稽古は見せてなかったはずだ」

そう言ってニヤリと笑った。

「そうだ、今のおれ達には〝いせや〟があったんだ」

あの日中西忠太に対して、売られた喧嘩を買いに来たとばかりに中西道場に乗り込んだ忠蔵を除く五人は、忠太に袋竹刀で叩き伏せられた。

小野道場を破門になった五人に、自分の許で剣術を続けるようにと忠太がお節介を焼いたことに反発したのだが、

「あの日、〝いせや〟があれば痛え目を見ずにすんだってもんだぜ」

その後忠太の軍門に下り、打たれてもあまり痛くない稽古刀〝いせや〟を完成させた時、門人達はそう言い合ったものだ。

「これで立合ってもらえるように、明日お願いしてみよう」

忠蔵がそのように話をまとめた。

詳細は、稽古が終ってから談合しようという運びとなったのだ。

十二

翌朝。

六人の門人達は、朝礼に見所に出て来た福井兵右衛門の前に居並ぶと、

「先生は、袋竹刀や木太刀で立合われたことはございますか」

まず出しぬけに伊兵衛が訊ねた。

「おい伊兵衛、いきなり何だ。先生に無礼ではないか」

「そうだぞ、先生が仕合を避けてきたように聞こえるではないか」

忠蔵と市之助がすぐに窘(たしな)める。

「いや、先生ほどの御方となれば、我ら相手には立合うてくださらぬかと思いまして……。いやいや、これは言葉足らずでございました……」

伊兵衛は畏れ入ってみせる。

「おれと立合うてみたいか？」

兵右衛門はすぐに反応した。

「袋竹刀や木太刀で立合うたことは何度もある。だがあれは打たれると痛い。怪我をしてしばらく稽古ができぬようにもなる。おれはそなた達と立合うてみたいが、靱と袍などは着けたことがないゆえ、相手が務まらぬ。と申して、中西殿の大事な弟子を傷付けとうはない。木太刀や袋竹刀での立合は控えねばなるまい」

こう言わせればこっちのものだ。

「先生、その儀ならば御懸念には及びませぬ」

忠蔵はすかさず〝いせや〟を兵右衛門に見せた。

「それは何じゃ」

兵右衛門は珍しそうに見つめた。

「袋竹刀のように見えるが、そうでもないようじゃ」

「これは〝いせや〟と申すものにて」

「〝いせや〟とな？」

「いかにも、打たれたとて痛うない稽古用の刀にござりまする」

忠蔵はそう言うと、〝いせや〟を兵右衛門の目の前に置いた。

兵右衛門は、それを手に取り、軽く振ってみたりした後に、

「ははは、これはよい。それにしてもこの道場は珍しい物が次々と出てきよる。ほんに楽しいのう」

声を弾ませた。

「よし！　心得た。これで立合えと申すのじゃな。これなら怪我をさせることもあるまい。今宵あたりに中西殿は帰ってくるらしい。名残にひとつ勝負いたすか！」

そして、〝いせや〟を手に立ち上がり、稽古場に降り立った。

「このような物があるのなら、早く申せばよかったものを」

思いの外、兵右衛門は〝いせや〟での立合に乗り気で、大いにやる気を見せた。

多少なりともためらいや、立合を回避せんとしての言い訳などがあるかと思われたが、

「よし、ならば一人一人お相手仕ろう」

〝いせや〟の感触を確かめながら、足取りも軽く稽古場の中央に立ったのである。

こうなると、六人の門人達にも気合が入った。

自分達を馬鹿にしているのではないかと憤ってみたものの、酒を飲んで居眠りばか

りしていて、大して心に響く話もしなかった兵右衛門など何ほどのものでもない。どうせ型稽古ばかりに明け暮れていたのであろう。仕合に強くなる稽古を積んでいるかどうかは怪しいものだ。

六人共、心の内ではそのように思っていたゆえ、袋竹刀などで立合って、六人に怪我をさせてはなるまいと考えて立合を渋っていたとすれば、心してかからねばならぬ。

――だが、大したこともあるまい。

型稽古と立合は違うのだ。毎日のように実戦を想定した稽古をしている自分達が、父よりもまだ歳上の福井兵右衛門に後れはとるまい。

――しっかりと稽古をつけてもらおうではないか、福井先生よう……。

伊兵衛がまず、兵右衛門と立合った。

兵右衛門は、酒を飲んで居眠りをしている時と、まったく表情は変わっていない。

――いや、やはりおれ達の考え違いだったかもしれぬな。

忠蔵は、兵右衛門の様子が、忠太の無表情で門人達に鬼の稽古を命じる姿と重なって見えた。

――福井先生は、ただ不真面目なのではない。己が剣気を抜き身のまま発散したのでは、中西道場の門人達が恐がるゆえに、いつも惚(とぼ)けた様子を見せていたのに違いない。その見せ方に芸がないゆえ、いつも酒に酔っていたのだ。

忠蔵の頭の中をそんな想いが駆け巡る。

ふっと横を見ると、市之助も同じ想いに気持ちを引き締めんとしているのであろう。右の拳で自分の鳩尾辺りを強く叩いていた。

野生の生物が持つ闘争本能のごとき勘を、市之助は誰よりも持ち合せている。

彼もまた兵右衛門の持つ底知れぬ凄みを瞬時に察したのであろう。

忠蔵は、士気旺盛な伊兵衛に、何か声をかけねばならぬと思ったが、その途端——。

「えいッ！」

気合もろ共、ぐっと間を詰めんとした伊兵衛の〝いせや〟が床に落ちていた。

「とうッ！」

伊兵衛の機先を制した兵右衛門が、同時に前へ出て、伊兵衛の右小手をしたたかに打っていたのだ。

何げなく打った一撃であったが、その打突の強さに、伊兵衛は堪え切れずに己が〝いせや〟を落したのであった。

ただ一振りの圧勝である。

兵右衛門は相変わらず表情はいつものままに、

「よし！　次……！」

と、野太い声で新たな立合を告げた。

「え〜い！」

気合十分で大蔵が続く。

伊兵衛が出鼻を打たれたのを見ているだけに、慎重に兵右衛門の出方を窺ったが、兵右衛門はずんずんと間合を詰めていく。

大蔵は打ち込むに打ち込めず、蛇に睨まれた蛙のごとく何も出来ぬまま、ついに壁際に追い詰められて、

「やあッ！」

と、首筋に〝いせや〟を打ち込まれた。

「肩の凝りが治ったであろう……。よし、次！」

こうなると無我夢中である。

恐ろしさを忘れるように、新右衛門が大音声の気合で打ちかかった。

「よい気合じゃ！」

兵右衛門は口許を綻ばせつつ、新右衛門の打ちを僅かに体を動かすだけで、ことごとくかわした。

「えいッ！」

やがて、技が尽きた新右衛門の側面に体を移していた兵右衛門の〝いせや〟が、新右衛門の頭をぽかりと叩いていた。

「いやぁーッ！」

強過ぎる相手には奇襲しかない。

桂三郎は兵右衛門の背後から、いきなり打ちかかった。

「これも兵法でござります る」

と、うそぶいてやるつもりであった。

ところが、兵右衛門は引きつけるだけ引きつけておいて、さっと振り返ると立て膝をついて、桂三郎を胴に切った。

「うッ……」

息が詰まった桂三郎はその場に屈(かが)み込む。

「うむ！　狙いはよかったぞ！」

兵右衛門は楽しくなってきたようで、

「よし！　次は二人で参れ！」

と言うや、構えが定まらぬ忠蔵の腹めがけて、兵右衛門は猛然と突きを入れた。

「うッ……！　先生……」

卑怯(ひきょう)でござるぞと言いたかったが、忠蔵もまた息が出来ずにその場に屈み込んだ。

「これも兵法じゃ！　大将を倒したぞ！」

兵右衛門は、残る一人・安川市之助にぴたりと剣先を付けると、そのまま構えを低くしてにじり寄る。

市之助は恐るべき剣先の圧力から逃れんとして、体を右に左に回り込ませて、

「やあッ！」

と、渾身(こんしん)の突きを繰り出さんとした。

しかし、兵右衛門は己が〝いせや〟で、市之助のそれを巻き落して、

「まだまだ！」

と、したたかに彼の右肩を打ち据えた。

六人は呆然としてその場に座り込んだ。

「よい稽古であったな！」

兵右衛門は、あの居眠りをしている時とはまるで違う、軍神が降臨したかのようなたくましくも精悍(せいかん)な顔となっていた。

六人は何も言えず、ただ平伏して己が拙さを認めた。

「〝いせや〟か。これはよいな！　袋竹刀で仕合をするよりも怪我がのうてよい。日々の稽古に使うには、ちと体に応えるがのう。とは申せ、来たるべき仕合に備え、これで実になる稽古ができそうじゃ。よし、ちと出かけて参るが、これを借りて参るぞ！」

兵右衛門は、六人を打ち倒したことへの照れくささもあるのか、〝いせや〟を一振り手に取ると、そのまま道場を出て、どこかへ出かけてしまったのであった。

十三

日の暮れとなっても、福井兵右衛門は中西道場に戻ってこなかった。

どうしたものかと、六人は稽古も手につかなかった。

先日、長沼道場における、藤川弥司郎右衛門との仕合の敗北よりも、兵右衛門との立合に手も足も出なかったことが、心に深くのしかかった。

福井兵右衛門はというと、〝いせや〟での立合によって上機嫌となり、その勢いのまま外へとび出したのだから、客人に対して無礼な対応をしたわけではないだろう。

しかし、ともすれば中西忠太以上の腕を持つ兵右衛門の本質を見抜けず、おれ達を馬鹿にしやがって、などと思い上がった気持ちでいたのが悔やまれる。

傍にいるだけで剣を学べる先生だと忠太には言われていた。それなのに、宝の山を前にしながら、得られたのは〝いせや〟で為す術もなく打ち据えられた屈辱だけであるとは。

利かぬ気で小癪な六人であるが、かくも鮮やかに、そして楽しく豪快に振舞われては、素直に軍門に下るだけの男らしさを持ち合せている。

――福井先生は、このまま戻られぬのではなかろうか。

そんな不安ばかりが過るのだ。

〝いせや〟は怪我をしなくてすむ稽古刀であるが、兵右衛門に打たれた部位は、ずきずきと痛んだ。

新右衛門は面を打たれたゆえ、兵右衛門も随分と手加減したものだが、他の五人は軽く打たれたにも拘らず、衝撃が骨身に響いていた。

こうなると稽古どころではない。六人は、それぞれの打たれ様を検証しあい、それからしばし兵右衛門の技を回想したのである。

そのうちに思いもかけず中西忠太が帰って来た。

半日早く土浦を出て、一目散に帰路を急いだのだ。

「先生……」

六人はこの時ほど、師を恋しく思ったことはなかった。

その想いは忠太とて同じであったが、

「先生……、先生……」

と、矢継早やに兵右衛門との留守中の暮らし、先ほどの無念の一部始終を告げられて彼は失笑した。

「あの先生はおれよりも変わり者であっただろう。そして強かったであろう。それがわかれば留守を頼んだ甲斐があった。しけた面をするな。そもそもお前達が敵う相手ではないのだ。あっという間に負けたことを冥利に尽きると思うことだ」

忠太は、爽やかな若殿・土屋能登守と一時を過ごして、気持ちが軽やかになっていた。

「しかし先生、おれにはわかりません。あの福井先生は、皆に何を伝えようとなされていたのでしょう」

市之助が眉間に皺を寄せて、訴えるように問うた。

「取り立てて何を伝えようとも思うておられぬよ」

忠太は、荒くれ市之助が、福井兵右衛門を見誤ったことを真摯に悔やんでいる様子が頬笑ましく、励ますように言った。

「何を伝えようとも思うておられぬ……？」

「ああ、あの御仁もおれ達と同じ、〝生涯子供〟だ」

「〝生涯子供〟……？」

「そうだ。おれ達は剣についてはは、親に叱られるまで遊びを止めぬ子供でいればよいのだ。子供が子供のことを深くは考えまい」

忠太はそう言うと、からからと笑った。

自分が福井兵右衛門を呼んだのは、強い彼を弟子達に見せてやりたかったからだ。そうすることで、武運はあっても金運のない兵右衛門に、わだかまりなく二分の金を合力したかった。ただそれだけのことだと心の内で総括していた。

「おれは、土浦で月を眺めてそこに想いが至ったわけじゃな」

六人は、先ほどの兵右衛門の上機嫌に続いての忠太の上機嫌に、ぽかんとしていた。

わかったようなわからぬような、またおかしな話をし始めたぞ、我らの先生は――。

しかし、生涯子供の境地とはおもしろい。それならば今すぐにでも境地に達せられる。

そんなことを考えていると、

「して、福井先生はどこへ出かけたのかわからぬのか？」

忠太はやっと正気に戻ったかのように問いかけた。

「いや、それが〝いせや〟を手に、いきなり出て行かれて……」

忠蔵が応えた時、

「おお！　中西殿、戻られたか！」

兵右衛門が戻って来た。

先ほどより尚、上機嫌である。

――何だこのおやじ達は。

六人はまじまじと二人を見てしまった。

何ゆえこんなに好い調子なのだ。

「稽古をつけてくださったようにて」

忠太が早速礼を言うと、

「なに、子供の遊びじゃよ」

兵右衛門はにこやかに応えると、

「それより中西殿、皆にも聞いてもらいたいのだが、おれの弟弟子で、板橋(いたばし)に道場を開いている者がいてのう、こ奴は皆と同じで、剣術は打ち合うてこそ意味があるという信条でのう。この〝いせや〟を携えて訪ねてみれば、これならば、気易く仕合ができると唸りよったのじゃ」

「それはいったい、……？」

「ここの門人達と、そ奴の道場の者達とで、〃いせや〃を使うて、仕合をしてみたいとのことでござってな」

兵右衛門が嬉しそうに言った。

「〃いせや〃で仕合を……？」

忠太が聞き返すと、六人の弟子達は大きく頷いた。兵右衛門はそれを思い出し、六人に仕合をさせてやろうと、すぐに訪ねてくれたのだ。

「それで〃いせや〃を手に、わざわざ板橋まで？」

忠太は感じ入って、兵右衛門を見た。

「某もちっとは働かねばならぬと思いましてのう。ここの皆が来たるべき仕合に勝つためには、仕合に慣れねばならぬ」

「いかにも……」

「そ奴はいけすかぬ男でのう、あまり付合いとうはない朴念仁(ぼくねんじん)じゃが、仕合を望んでいる道場はそれほどない。この機会にどうじゃ」

「どうじゃと申されても、既に話を決めて参られたのでは？」

「余計なことをしたかな?」

「いえ、願うてもないことで。皆、そうであろう!」

忠太に問われて、六人の弟子は、

「はいッ!」

一斉に力強く応えた。

どこへ行っていたのかと思えば、〝いせや〟での立合が気に入って、そのまま仕合相手を見つけに行ってくれていたとは、何と無邪気なことであろうか。

なるほど、この二人の先生は〝生涯子供〟の匂(にお)いを互いに感じて意気投合したのであろう。

「福井先生、真に忝うござりまする」

忠太は興奮に何度も頷き、兵右衛門に畏まってみせた。

廊下に控える松造は、旅から帰ったかと思うと、もう熱(あつ)く体を震わせている忠太を楽しそうに見つめている。

「なんの、礼を申さねばならぬのはおれの方じゃよ」

兵右衛門は照れくさそうに頭を搔くと、六人の門人達に向き直り、

「皆にも礼を申す。そなた達を見ていると、己が若い頃が思い出されて、新たな力が

湧いてきたぞ！　まあ、見ていたと申して、ほとんど居眠りをしていたがのう。はははは、そなた達は強うなる。仕合に勝って勢いをつけるのじゃ。楽しかったぞ……」

笑ってみたり、しんみりとしてみたり、この先生は最初から最後まで捉えどころがなかった。

「忝うございまする……」

忠蔵は平伏して謝し、他の五人もこれに倣(なら)った。

兵右衛門にとってはそれもまた気恥ずかしいのであろう。

「中西殿、貴殿が何ゆえ某に留守を任せたかわかりましたぞ。剣客として生きるのは茨(いばら)の道だが、そう案ずるものではない、世にはこのような気楽な剣客もいるゆえ何とでもなる……。それを弟子達に伝えたかったのでござろう。はははは、いや、何も申されるな。某は考え出すと何か答えを出さぬと気がすまぬ性質でのう……」

またひとつ笑って、熱血の士・中西忠太を煙(けむ)に巻いたのであった。

第三話　希望

一

「いこう楽しゅうござった！」

神道無念流・福井兵右衛門は、中西道場を去った。

別れに際して、彼が仕合相手に決めてくれたのは、新神陰一円流・松尾史之助（まつおふみのすけ）が師範を務める道場であった。

捉（とら）えどころのない兵右衛門であるが、剣客としての力量は生半（なまなか）なものではない。

酒井右京亮組とのきたるべき仕合に勝つには、少しでも仕合に慣れることが大事であると話を付けてくれたのだ。

中西道場にとってはこの上もなくありがたかった。

兵右衛門が道場を去る前夜。

常陸土浦から戻った中西忠太は、門人達と松造を連れて、道場近くの神田松永町にある一膳飯屋〝つたや〟で、兵右衛門慰労の宴を催した。

「ははは、某は酒を飲んで寝ていただけじゃよ！」

兵右衛門は大いに恐縮しながらも、酒が入ると饒舌になり、逗留した六日分の言葉を吐き出すかのように、廻国修行で感じたことなどを語った。

身振り手振りを交えた剣術談義はおかしみと深い味わいがあり、中西忠太をも唸らせたものだ。

何よりも深刻に陥らぬところがよい。

「剣客として生きるのは茨の道だが、そう案ずるものではない。世にはこのような気楽な剣客もいるゆえ何とでもなる……」

兵右衛門は、自分が忠太に留守を託されたのは、門人達が兵右衛門の姿を見て、そのような安心を覚えればよいと考えたからであろうと言った。

そこには謙遜と照れ隠しがあったのは確かだし、

「まさかそのような……」

と、忠太も一笑に付したが、その実、心の奥底にあった想いを、大いに言い当てられた気がしていた。

彼の弟子達は、今のところ明日の米に困る境遇にはない。

とはいえ、六人共にそれに甘んじているわけではないと見てとれる。

剣客を目指すなど、自分達の身分では何と大それたことであろう――。

絶えず悩みを抱えているはずだ。

中西忠蔵は、忠太の嫡男として運命付けられたものがあり、目指すのが当り前だと思い育ってきたが、他の五人は違う。

浪人の息子、貧乏御家人の三男坊、郷士、町医師、商家の次男坊となれば、己が境遇を変えて、切り拓かんとする想いで目指したものの、不安は付きまとう。

忠太の目から見るとそれがわかる。

近頃の若者は、自分達の若い頃より世の中をしっかりと見ているような気がする。

利巧なのだろうが、それだけ不都合な真実をいくつも知ってしまうから、時として後ろ向きになってしまう。

忠蔵以外の五人、安川市之助、新田桂三郎、若杉新右衛門、平井大蔵、今村伊兵衛も同様である。

だが、五人が今時の若者と違うのは、ともすれば後ろ向きになったり不安を覚えたりする自分を、

――情けない男だ。

と恥じることであろう。

その想いがやるせなくて、彼らを荒くれにしてしまったのかもしれない。

そう考えると、福井兵右衛門の五十になっても子供のままで物ごとに動ぜず、ひたすら剣客として生きようとする姿は、五人を少しでも安楽に導いてくれよう。

忠太は自分には持ち合せていない剣客の生き方を、兵右衛門が弟子達に伝えてくれたらと、心の奥底で願っていたのだ。

そしてそれもまた、弟子達にはきっちりと伝わったようだ。

「まあ、おれも、もうこれまでかと思うたことは何度もあったよ。先人達は、恐ろしい話ばかりして若い者を脅かすゆえ尚さらじゃ。だがのう、山より大きな猪は出ぬ。何とかなるものじゃ。絶えず忙しゅうしておればのう……」

兵右衛門がこう言うと、門人達六人は大いに感じ入った。

兵右衛門はそれが嬉しくて、

「もっとこういう話をすればよかったのう。まことに酒が入らぬと調子が出ぬゆえ困ったものじゃ。ははは……」

神道無念流を開いた福井兵右衛門であったが、彼の四谷の道場はこの後もあまり流行らなかった。

しかし彼は中西忠太に触発されたのか、己が剣を解し共に発展させんとしてくれる弟子を求め遂にこれを得た。

この七年後に入門した、戸賀崎熊太郎は、兵右衛門の許で五年の間神道無念流を修め、二十一歳で皆伝を授けられて、武州清久へ帰郷した。

その折、熊太郎は福井道場の困窮を憂え、兵右衛門を共に連れ帰った。

そして、清久村に道場を開き、師・兵右衛門を後見役に据えたという。

熊太郎は三十五歳の折に再び出府し、麹町に道場を開くと、彼の後援者であった大橋富吉が、親の仇・二宮丈右衛門を討ち取った際、門人達と仇討の助太刀を務めた。

この牛込肴町行元寺前の仇討は大きな評判となった。熊太郎の剣名は大いに上がり、道場には入門者が詰めかけ、神道無念流の名は広く知れ渡った。

熊太郎と共に助太刀した門人には、岡田十松吉利がいた。

十松は稀代の名剣士として知られ、熊太郎が清久村に再び帰郷する際、神道無念流の門人達をすべて託されることになる。

彼が開いた撃剣館は、江戸でも指折りの道場となり、その門からは幕末の剣豪・練兵館の斎藤弥九郎が出た。

福井兵右衛門は終生、戸賀崎熊太郎の世話になり、天明二年（一七八二）八十三歳で死去した。

後見役という気楽な立場にいて、兵右衛門は晩年大いに己が剣を楽しんだことであろう。

時には熊太郎の留守中、道場の見所で居眠りをしたのかもしれない。

彼の前に、山より大きな猪は出なかったのだ。

二

さて、中西道場に話を戻そう。

福井兵右衛門は、仕合の話をつけてくれた松尾道場とは、

「某があれこれ言うと話がややこしゅうなってもいかぬゆえ、この先は中西殿と松尾との話し合いで決められよ」

と、忠太に告げた。

いけすかぬ男で、あまり付合いたくはないない朴念仁――。

弟子ながら、兵右衛門は松尾史之助をそのように評していた。

もっとも、そう言う兵右衛門もくせのある剣客であるから、かつては何かというと衝突したのかもしれない。

それでも松尾は、兵右衛門と同じく、剣術は型稽古に埋没してはならない。斬り合いを想定して時には打ち合わねば勝負勘が身に付かないと考えているという。

その信条の一致は未だに二人を強く結びつけているのであろう。

兵右衛門が〝いせや〟を気に入り、すぐに見せたくなった相手が松尾であったというのがそれを物語っている。

松尾史之助は、兵右衛門が持参した〝いせや〟を見るや、

「うむ、真にようできておりまするな」

と、一目で気に入り、

「斯様な物で稽古をしている道場とならば、この〝いせや〟で仕合をしてみとうなりますのう」

兵右衛門が言い出すまでもなく、仕合話を持ち出した。

ここで自分が仕合について語ると、

「いやいや兵右衛門殿、某はそのようには思いませぬ……」

兄弟弟子ゆえの気易さから互いの剣術論がぶつかり合い、なる話もならなくなる。

兵右衛門もその辺の分別はある。

話が盛り上がったところで、

「ならば後の話は中西殿と……」

と、すぐに引き上げて来たのだ。

中西忠太が土浦から戻った二日後。

早速、松尾道場から遣いの者がやって来た。

仕合の段取りについての問い合せであった。

遣いは遠藤勝三郎(えんどうかつさぶろう)なる二十歳(はたち)くらいの門人で、なかなかにしっかりとしていて、物言いもはきはきとしていた。

「遠路御苦労でござったな」

忠太が丁重に応対すると、

「これは畏(おそ)れ入りまする……」

勝三郎はたちまち恐縮した。

彼は、小野派一刀流の遣い手である中西忠太の剣名を聞き及んでいるらしい。

「仕合をお受けいただけるのならば、当方は某を含めて七人でござるゆえ、こちらから出向きましょう」

松尾道場は、板橋宿にさしかかるところの真性寺(しんしょうじ)門前にある。下谷練塀小路からはいささか遠方にあたるので、忠太はそのように告げた上で、

「我が弟子達は六人。〝いせや〟を六振りお渡しいたさねばなりませぬが、二振り足りませぬゆえ、まずある分だけをお持ち帰りくだされ。残る二振りはすぐに拵えた上で、某が持参いたそう」

仕合の前に、取り決めなども含めて、挨拶がてら忠太自らが松尾道場に行くと伝えた。

「事前の取り決めのために、わざわざ中西先生が……」

勝三郎はさらに恐縮した。

彼にとっては、道場の師範は大層偉い存在であり、気軽に挨拶がてら出向くと言う忠太が随分と意外であったようだ。

「いやいや、気遣いは御無用に。仕合をしてくださると聞いて、嬉しゅうてなりませぬ。まず直に松尾先生に会うて、お願いいたしませぬとな」

忠太はどこまでも緊張の面持ちを崩さぬ勝三郎に頰笑んだ。

「忝うござりまする」

「ははは、まず楽にされよ」

「楽に……？」

「我が道場の稽古はなかなかに厳しゅうござるが、稽古の合間は気を楽にして心と体をほぐすのが決まりのようなものでのう」

「左様にござりまするか……」

勝三郎はきょとんとしている。

どうやら松尾史之助は、稽古場にいる間は、いつ何時も気持ちを張りつめていなければならぬという考えの持ち主なのであろう。

そこで学ぶ遠藤勝三郎に、気を楽にしろと言ったとて、かえって不気味に思うのかもしれない。

「ははは、くだらぬことを申しましたな。まずそう畏まらずともよろしい、そう伝えたかったのでござるよ。ならば三日後に参ろう。せっかく参られたのじゃ。少しばかり稽古を見ていかれよ」

忠太はそう言って、惜しげもなく靭、袍を着けての竹刀打ち込み稽古を勝三郎に披露した。

勝三郎は唖然として稽古に見入った。

勇壮な掛け声と、竹刀が防具を打つ音、ところ狭しと床を踏みならす地響きがおこったかのような轟音。

五感を研ぎすまし、五体をぶつけ合う稽古の凄じさに、彼は圧倒されたのである。

これだけ激しい稽古をしながら、気を楽にして心と体をほぐすとは、どういう境地なのであろうか――。

勝三郎は、小半刻（約三十分）も見ぬうちに、

「結構なものをお見せいただき、忝うございまする。とは申せ、先生にお伝えいたさねばならぬこともございまするゆえ、まず本日は、これにてお暇申し上げまする」

と、忠太に申し出た。

「おお、左様か。確かにそうであったな。引き止めてすまなんだ。ならば三日の後に……」

忠太は松尾道場が遠方にあることをすっかり忘れていたと苦笑して、〝いせや〟四振りを勝三郎に託し、その日は彼を板橋に帰したのだが、

――遠藤勝三郎、か。う～む、奴はにこりともせなんだが、他の道場はみなあのようなものか。

どうも気になった。

小野道場でも、若い門人達はもっとにこやかに師範代の話を聞いていたような――。

稽古場では、平井大蔵が勢い余って材木が崩れ落ちるかのようにごろごろと転がっている。

「ははは、こいつはいいや！」

苦しい稽古だというのに、息を切らしながら弟子達は笑っている。

――おかしいのはあ奴らの方か。

忠太は稽古を止めると、

「よし、今日はここまでにして、お前達はすぐに〝いせや〟を二振り拵えてくれ」

と、命じたのである。

三

三日後。

中西忠太は約定通り、新たに拵えた〝いせや〟二振りを安川市之助、今村伊兵衛に持たせて松尾史之助の道場を訪ねた。

下谷から小石川(こいしかわ)を北へ。

中山道(なかせんどう)を進むと板橋の宿へと出る。

江戸の各街道口には六地蔵が安置されていて、ここでは真性寺にあった。

巣鴨町(すがもまち)の通りへ出ると、真に長閑(のどか)な風景が広がる。

街道の北側には大きな武家屋敷が連なっているが、これは百姓から手に入れた抱屋(かかえ)

敷である。

ここに百姓を住まわせて畑を耕させ、野菜を作ったりしているのだ。

ゆえに武張った屋敷ではなく、趣のある百姓家風の藁屋根が板塀の向こうに覗いていたりする。道行くと遠く飛鳥山の眺望と相俟って、旅に出たような気分にしてくれる。

「こんなところで毎日稽古をするというのも、乙なもんですねえ」

伊兵衛が目を細めた。

「乙なもんてやつがあるかよ」

市之助がからかうように言う。

かつて市之助は意見のくい違いから伊兵衛を殴り、中西道場から追い出されたのだが、そんなことが嘘のように、今では弟のようにかわいがっている。

荒くれていても、やさぐれていても、心に純情を秘めていればそれでよい。

その純情が若い男には愛敬となって表に出る。

未だに弟子達には手を焼かされるが、小野派一刀流中西道場の剣術を作りあげる上で、これほど頼もしい味方はいないと忠太は思っている。

「妙なもんだな……」

忠太が二人に顔を向けた。

「おれは豊前中津の領主・奥平家に仕える身だが、江戸育ちでこういう長閑な風情に憧れがある。だが、中津にいても、先だってのように土浦にいても、ああ好いものだと思いながら、賑やかな江戸がすぐに恋しゅうなる」

市之助と伊兵衛は、なるほどそういうものかと頷いたが、すぐに市之助はニヤリと笑って、

「行儀がよくて、揉めごとなどひとつも起こさぬ者達を教えていると、練塀小路の荒くれ達が恋しゅうなりましょう」

「たわけ者めが、ぬけぬけとようもぬかしよったな」

図星を突かれて忠太は、市之助のでこをぽんとはたいた。

笑い合ううちに三人は真性寺門前へとやって来た。

「先生、ここのようですね」

小走りに出て、道場らしき門を見つけた伊兵衛が告げた。

門の向こうから厳かな気合が漏れ聞こえる。

ここが松尾史之助の道場のようだ。

「うむ、床がよう磨き込まれておるな。我が稽古場とは大違いじゃ」

忠太がにこやかに言った。

「先生、我らも精を出して磨いております」

「艶の違いは、古さでございましょう」

市之助と伊兵衛は口を尖らせる。

「ふふふ、左様かのう……」

三人の師弟は、まるで遊山に来たかのように門を潜ると、すぐに口を噤んだ。

三人の来着を見てとった門人達が、すぐに稽古を止めて、稽古場に居並び迎えていたのである。

式台に端座している四十絡みの恰幅の好い武士が、松尾史之助であろう。

門人は三十人以上いるようだ。

忠太は、道場の張り詰めた気に圧されて、咳払いをして、

「これは畏れ入りまする……。中西忠太にござりまする」

と、恭しく頭を下げた。

「わざわざのお運び忝うござる。新神陰一円流・松尾史之助にござりまする」

案に違わず式台の武士は松尾史之助であった。

市之助と伊兵衛も、慌てて威儀を正したが、門人達の中に遠藤勝三郎の姿を見つけ

てにこやかに会釈をした。

勝三郎も僅かに会釈を返したが、その表情は先日同様硬かった。

市之助と伊兵衛は顔を見合せた。

やはり松尾道場では、一切の私語や笑いは許されないようだ。

他の門人達の怒ったような顔付きを見ればわかる。

別段、怒っているわけでもないのであろうが、厳格な師の前ではそのような顔をせねばならぬのに違いない。

「まずはお上がりくだされい」

松尾は忠太を請じ入れた。

それから一通りの挨拶を交し、忠太は手土産の落雁と伏見の下り酒、さらに〝いせや〟二振りを進呈した。

松尾は手土産をありがたく受け、〝いせや〟については、

「これはしばしの間、お預かりいたしましょう。いや、この稽古刀があれば他流派の方々と仕合がし易うなりまするな。さすがは中西殿、おもしろい物をお造りになられた」

松尾は物言いがいささか大仰で、古の豪傑を意識しているかのような風情である。

「畏れ入りまする。いくらおもしろい物を拵えたとて、御相手くださる方がおらねば致し方ござりませぬ。福井先生からお話を伺った折は、真に嬉しゅうございました」

忠太が礼を言うと、松尾は厳格な表情を崩すことなく、

「福井殿は兄弟子ながら、いささか困りものでござりましてな。近頃は一円流を疎かにして、神道無念流などと、よくわからぬ流儀を開いたとのこと。どうなることやしれませぬ……」

眉をひそめた。

「いや、福井先生は奔放にして豪快。物ごとに捉われぬ御気性ゆえ、こ度の仕合の栄誉を賜ったと喜んでおりまする」

忠太がとりなすように言うと、

「なるほど……」

松尾は気にも止めておらぬような素っけなさで〝いせや〟を手に取った。

「この稽古刀に慣れさせとうござるゆえ、仕合は五日後といたしとうござる」

そして、すぐに仕合の話に移った。

「畏まりました」

忠太に異存はなかった。

「時に中西殿、道具を着けての竹刀打ち込み稽古を取り入れられているとか？」

「いかにも。遠藤勝三郎殿からお聞きなされましたかな」

「左様。勝三郎に様子を訊いたところ、真に鬼気迫るものであったと……、他人の稽古を見て感じ入るのは、己が稽古が拙きゆえと、叱りつけてござる」

松尾はそう言って、ちらりと勝三郎に目をやった。

勝三郎は畏まって首を竦めるばかりである。

忠太は何と応えてよいかわからず、またしても口を噤んだ。

「それでもあの勝三郎は、我が道場ではひとつ抜きん出た者でござってな。仕合において無様な真似をいたさぬように、指南をいたしますゆえ、どうぞよしなに……」

松尾は軽く頭を下げてみせた。

「いえ、こちらこそ……」

「当道場でも、やがて道具を着けての竹刀打ち込み稽古は取り入れねばならぬと思うてござるが、打たれてもよいとなれば、弟子達はすぐに気を抜こうほどに、それも考えものじゃと思案いたしておりましてな」

道具着用には、まだ慎重な姿勢を見せている松尾道場では、袋竹刀での立合には、旅用の手甲、脚絆を着け、頭には綿を入れた頭巾に陣鉢巻を、腹には胴布団を巻くなどの工夫をしているという。

これくらいでは怪我を避けられないが、装備を軽くする方が緊張感は漂い、打たれた痛みがある方が上達すると、松尾は考えているのだ。

確かにそれにも一理ある。

「少しばかりその立合稽古を拝見仕りとうござる」

忠太は稽古の様子を見せてもらうことにした。

「承知いたした」

松尾は、遠藤勝三郎が中西道場の稽古を見て帰ったのであるから、こちらも断るわけにはいかぬとばかりに、

「よし！　立合をいたす、仕度をしてかかってこい！」

と、自ら袋竹刀を手に稽古場に立った。

門人達は粛然として仕度を整えると、袋竹刀を手に次々と松尾にかかっていく。

松尾は手甲と鉢巻だけをして、弟子達を巧みに捌いた。

実戦へのこだわりがあるというだけあって、彼の腕前はなかなかのもので、弟子達を寄せつけなかった。

弟子達は今ひとつ精彩を欠いていた。

この日は近々仕合をする中西道場から師弟が来ている。

ここで不様な立合は見せられないゆえ、思い切りかかろうとしているように見受けられた。

それでも、好い立合を見せねばならぬという想いが門人達に新たな緊張を与えていた。

痛みを覚えぬと立合は上達しないかもしれないが、痛みを覚えると臆病にもなる。体が硬くもなろう。なかなか思うように打ち込めずにいたのである。

「たわけ者めが！　そんなことではいくつ命があっても足らぬわ！」

松尾にも弟子の緊張による硬さがよくわかる。それが彼をまた不機嫌にする。

「恥を知れ！　お前は案山子より弱いぞ！　ええい！　二度と顔を見とうないわ！」

悪口を放ちつつ、松尾史之助は容赦なく弟子を打ち据えた。

忠太は、自分がここにいるがために門人達が打たれるのかと思うと、いたたまれなかった。

「いや、お見事！　これほどまでに気合の入った立合は今までに見たことはございませぬ。見れば見るほどに、我らも恥じ入るばかりでござる。本日はこれにてお暇いたしましょう」

忠太は折を見て、松尾師範の前へ進み出て、辞去を告げたのである。

四

松尾史之助の門人達との仕合は五日後となった。

〝いせや〟での立合は一本勝負とし、中西忠太は、仕合の立会を松尾に託した。

中西道場には、必勝の気運が高まったが、忠太にはどうも引っかかるものがあった。

福井兵右衛門が、松尾史之助について、

「いけすかぬ男……」

と言っていた意味がよくわかったからだ。

厳しいのはよい。いささか尊大な態度も、弟子の手前もあるゆえ見過ごしにしよう。

しかし、松尾師範のあの教え方はどうも納得がいかない。

ただ自分の思い通りに稽古を進め、弟子の特性を生かしてやろうともせず、徹底的に貶(おとし)める。

そこから這(は)い上がってくる者だけが、真の松尾道場の門人だと言いたいのだろうが、師たる者は情愛を弟子に傾けねばならぬと、忠太は思っている。

仕合には勝つつもりであるが、遠藤勝三郎を始めとする門人達は、仕合に負ければ大変な日に遭わされるのではなかろうか。

それを思うと気が重たかった。

中西道場の門人達も、安川市之助と今村伊兵衛から松尾道場の様子を聞いて、忠太と同じ想いになった。

市之助と伊兵衛は、

「何だ、あの師範は……」

「まったくだ。うちの先生に偉そうな口を利きやがってよう」

「伊兵衛、お前もそう思ったか。おれも頭にきていたんだ。難しい顔をしやがって、くすりとも笑わねえ」

「愛想のないおやじだったよ」

その時の不満を口にした。

遠藤勝三郎が、先日会った誼みをまったく表さないことにも腹が立っていた。

「まあ、奴も辛いところなのだろうな……」

勝三郎は松尾道場で一番力のある剣士ゆえ、松尾は何かとうるさいことを言うのであろうと、市之助は見ていた。

いくら顔見知りであっても、

「やあ、先だってはどうも……」

などと軽々しく口を利いてはならぬと、松尾の弟子達は日頃から厳しく戒(いまし)められているのに違いない。

六人の門人達は、日頃は師範の中西忠太を陰では〝鬼〟と呼んでいるし、時にはぞんざいな口を利く。

それでも他人が忠太を腐したり、なめた真似をすると決して許さない。

そして稽古は厳しくとも、弟子にも誰(だれ)に対しても親しみを込めて接する師を慕っているのだ。

その彼らにしてみれば、

「松尾道場の連中も変わり者だな」

となる。

情も親しみもなく、弟子達を袋竹刀で叩(たた)き伏せるような師であれば、さっさとやめてしまえばよいのだ。

六人はそう思っている。

「で、松尾先生の腕前はどうだったのだ？」

忠蔵はそれが気になる。

市之助は鼻で笑って、

「確かに師範というだけあって、そこそこは遣うよ。何といっても福井兵右衛門先生の弟弟子だからな。だが、おれから見ると大したことはない。うちの先生や、福井先生と比べたら、月とすっぽんだな」

「なるほど、そんならひとつ揉んでやるか」

六人は頷き合った。

直心影流の藤川弥司郎右衛門に惨敗を喫したのは、つい一月ほど前のことだ。

福井兵右衛門に〝いせや〟で為す術もなく叩き伏せられたのは数日前である。

それを考えると、何と立ち直りの早い連中であろうか。

類は友を呼び、その立ち直りの早さを、中西忠太は見込んだとも言えよう。

実際、忠太は今度の仕合では勝てると思っていた。

福井兵右衛門が松尾道場を選んで、上手く話をまとめてくれたのも、中西道場の門人達に、

「勝たせて勢いをつけてやりたい」

と、思ったからに違いない。

兵右衛門は何も言わなかったが、恐らく彼は、中西道場の門人達は不良の荒くれ揃いであるから、松尾道場の敵ではない、ひとつ痛い目に遭わせてやってくれ、などと言って松尾を欺いたのであろう。

中西道場の六人には、そろそろ勝って自信を得る時が来ていると忠太は思っていて、兵右衛門はその想いを察したのだ。

松尾史之助は、中西忠太の剣名をよく解していたが、その門人達を侮っていた。

遠藤勝三郎に道場の様子を訊くと、勝三郎はつい、竹刀打ち込み稽古を見た興奮をそのまま伝えてしまった。松尾はそれを聞いて、

——さては福井兵右衛門に欺かれたか。

或いはそう思ったのかもしれない。

それが弟子への苛立ちとなって表れたのではなかったか。

いずれにせよ、松尾史之助は〝いけすかぬ奴〟である。

中西道場の七人は、師弟共に、松尾道場を打ち負かしてやるとの気合は十分であるのだが、いささか能天気な彼らとて、いつも心ひとつというわけにはいかない。

——おれは果して勝てるのだろうか。足を引っ張ったりはしないだろうか。

松尾史之助への反発とは裏腹に、今村伊兵衛の心の内に、そんな屈託が生まれ始め

ていた。

五

松尾道場との仕合を三日後に控えた朝。

中西道場に、小野道場の師範代・有田十兵衛が訪ねて来た。

時期が時期だけに、

——またしても、酒井右京亮が騒ぎ始めたのか。

と思われたが、そうではなかった。

いつもなら弟子達の目に触れぬよう、そっと見所に続く一間に請じ入れるのだが、この日の有田は正面から訪ねて、稽古場脇(わき)の廊下から一間へと入った。

その際、有田は六人に、

「励んでいるようじゃのう」

珍しく自分から声をかけた。

忠蔵を除く五人は、有田が小野道場から破門したのだから、どうもばつが悪いのは今も同じである。

しかし、有田は道具着用による竹刀打ち込み稽古に励む彼らの姿を何度も見ている。

先日の藤川弥司郎右衛門との仕合も観戦して、負けはしたが確実に成長している荒くれ達を見直し始めていた。

そのような想いは相手にも通じる。

――有田のおやじ、何をしに来やぁがった。

そうは思ったが、皆一様ににこやかに頭を下げたものだ。

「酒井先生の言伝(ことづて)に来たわけではないのだ……」

開口一番、有田十兵衛は応対に出た忠太に言った。

「ほう、それは珍しい」

忠太は、まずその断りを入れる有田の様子がおかしくてふっと笑った。

「珍しいということがあるか」

有田は顔をしかめた。

小野道場では同門の師範代。立場も性格も違う二人だが、剣友ゆえの遠慮のなさが心地よい。

「実はな、小野道場の若先生が気遣われておいでな」

「若先生が？」

若先生とは小野家当代の小野次郎右衛門忠喜である。

らしい。

若年ゆえ、小野派一刀流の古老達に養育されて力をつけているのだが、流儀内での保守派と改革派の争いと言える、酒井右京亮と中西忠太の対立を、忠喜は憂えているらしい。

右京亮率いる小野道場若手有望株組と、中西道場が仕合をすることになっているが、

「きっといたさねばならぬ仕合なのであろうか……？」

忠喜は有田十兵衛に、そう問うてきたらしい。

「そのように言われても、この有田十兵衛が望んだわけでもなし。応えに窮した……」

本音を言えば、右京亮とてやめてしまいたいのかもしれない。

中西道場の稽古を、

「子供の遊び」

ついそのように口走ったことから忠太の反論に合い、売り言葉に買い言葉で、どちらが正しいか決着をつけんとなり、決まった仕合であった。

剣術に仕合は付き物かもしれないが、仕合をするなら命がけで挑まねばならぬ。道具を着けたり、玩具(おもちゃ)の刀でその稽古をしたとて意味はない――。

右京亮はそのように考えているが、命がけというならば中西道場の荒くれ達の方が

性根は据わっているのかもしれない。

必勝は約束されてはいないのだ。

この〝御意見番〟が、何かと中西道場のすることに横槍（よこやり）を入れてくるのは、自信のなさの表れなのだ。

若先生は、既に仕合前から両者の暗闘が始まっていることを察し、

「ここは中西忠太殿の方から歩み寄って互いの誤解を解けば、双方に傷がつかず丸く収まるのではなかろうか」

そう思い始めているのだ。

となれば、忠太と相弟子で今も繫（つな）がりを持つ有田十兵衛に話しておくのが何よりであろう。

「まずそういうことで、おれにお鉢が回ってきたのだよ」

有田はうんざりとしていた。

相弟子ゆえの気易さもあるが、気性も立場も違う中西忠太とは、それほど仲がよかったわけではない。

忠太が右京亮と衝突したゆえ、何かというと右京亮から忠太の動向を探ってくるよう頼まれるようになり、近頃はよく練塀小路を訪ねるようになった。それだけなのだ。

「ははは、それで十兵衛殿が、若先生の御心痛を中西忠太に伝えに来たというわけか」

忠太は含み笑いをしながら言った。渋い表情を浮かべてはいるが、近頃はそのお蔭で〝御意見番〟からも〝若先生〟からも頼りにされているのであるから、有田十兵衛にとっては決して悪い世渡りではなかろう。その想いを言葉に込めたのだ。

「話をされたら、放っておくわけにもいくまい」

有田は口を尖らせた。

「十兵衛殿との誼みゆえ、ここは中西忠太の方から酒井先生に歩み寄ると申せばよいのであろうな」

「仕合などやめてしまえば、忠殿も気が楽になるのでは？」

「そうなれば目指すものがなくなる。我が道場の士気も下がるというものじゃ」

「酒井組との仕合がのうても、竹刀打ち込み稽古を続けていけば、中西道場の剣術はこれからの世に受け入れられよう」

「十兵衛殿の言うことはもっともじゃ。だがのう、おれに喧嘩を売ってきたのは酒井先生の方だ。売られた喧嘩は買わねば男がすたる」

「子供じみたことを申すでない」

「おれは〝生涯子供〟で生きていく。子供の遊びがどれほど凄じいものか、あのわからず屋に思い知らせてやりたいのさ」

「まあ、言ったところでそのように応えるとは思うていたが……」

有田は苦笑した。

「十兵衛殿の役に立てぬのは心苦しいが……」

忠太も苦笑いを返した。

「とにかく、伝えたゆえ。気が変わったらいつでも声をかけてくれ」

「心得た。若先生のお気遣いはありがたいことじゃ。どうぞよしなにお伝え願いたい」

「承知いたした。まず小野派一刀流の中での仕合ゆえ、いずれが勝ったとて若先生の恥にはならぬ。その辺りを上手く説いておこう」

「さすがは十兵衛殿じゃ。忝い（かたじけない）」

「だがひとつ申しておくぞ」

「何かな？」

「酒井先生との戦いは、小野派一刀流内の高潔な仕合でのうてはならぬとおれは思う」

「その通りじゃ」

「ならば仕合の時まで、中西道場の門人達にも身を律するよう申し付けるべきじゃ」

「身を律する？」

「先だっても、連中は魚河岸の若い衆相手に派手に立廻ったと聞こえてきたぞ」

「さすがは地獄耳じゃのう」

「感心している場合ではなかろう」

「いや、あれは弟子達が悪いのではない。そもそも喧嘩の仲裁に入ってだな……」

「理由はどうでもよい。とどのつまりは喧嘩を大きくして暴れ回ったというわけだ。誉められたものではない」

「まあ、それを言われると応えようもないが……」

「ここの若い連中は、忠殿の教えをよう守り、見違えるほど強うなったと思うが、相変わらずの無法ぶりじゃ。おれが案じるのは、酒井右京亮がそのようなところを衝いて、また新たな横槍を入れてくるやもしれぬということなのだ」

「ようわかった。仕合をするなら正々堂々と、そして襟を正せということだな」

「いかにも。安川市之助達には随分と手を煩わされたものだが、近頃ではおれも見直している。これからは破落戸のような振舞を、同じ小野派一刀流の者としては控えてもらいたいと思う」

「心得た。この先、相手に非があろうとも、喧嘩は厳しく禁ずることにしよう」

「よろしい。それならここへやって来た甲斐もあったというもの。忠殿も、たまには小野道場へ稽古に来てくだされ」

有田十兵衛は、やがて中西道場を辞去した。

あれこれ文句を持ち込んでくるのではないかと思っただけに、忠太はほっとした。

小野次郎右衛門忠喜も、小野家の若き当主として、酒井右京亮と中西忠太の対立を憂えているのであろう。

忠太としても、忠喜は師・次郎右衛門忠一の曽孫であるから義理もある。

せめて襟を正さねばなるまい。

あの口うるさくて四角四面の有田十兵衛も、近頃は自分が目指す一刀流を理解してくれるようになったのも心地よかった。

「よし！　ひとまず、喧嘩口論一切まかりならぬ！　これを弟子達に厳しゅう言い渡しておくか」

去り行く剣友を見送りながら、忠太はひとつ唸ると稽古場へと戻った。

六

夏の夕の明るさは、何故か若者の心を浮き立たせる。

志乃にとってもそれは同じであった。

歳は十六。少し下ぶくれの顔は、水気を撥ね返すほどに張りがあり、眩しいほどに朗らかだ。

このところ、志乃は日々楽しい想いに溢れていた。

少し前から手伝いに行っている、一膳飯屋〝つたや〟での仕事がおもしろいのだ。

志乃は浪人の娘であったが、先頃父と母を亡くし、お辰の勧めで〝つたや〟へ手伝いに入っていた。

物心ついた頃から父は浪人で、神田松永町の裏店に暮らした。

市井にあっても武家の娘は周囲の者達にとっては付き合い辛いのであろうか、町の娘達とは常に一線を画していたような気がする。

それが二親に死に別れ、〝つたや〟に手伝いに出るようになってから、武士の娘でよかったと思えるようになっていた。

〝つたや〟には時として武家が客としてやって来る。

中でも、中西忠太、忠蔵父子は常連中の常連であった。というより、そもそもは茶屋であった〝つたや〟を一膳飯屋に商売替えさせてしまったのは忠太である。

忠太が来ることによって、近くの武家屋敷街の貧乏御家人や、武家奉公人なども店に出入りし始めたといえる。

そうなると武家好みの料理も必要になってくる。

一膳飯屋に武家も町の衆もあったものではないが、武家の風習などによって、節句の器にちょっとした工夫を加えたりするのが、女将であるお辰の気遣いと言える。

志乃を料理人として迎えれば、そのようなことも出来る。それゆえ板場で彼女を雇うことにしたのである。

方便を立てる意味で志乃も助かるし、〝つたや〟の繁盛にも繋がると思ったのだ。

お辰の狙いは大いに当った。とりわけ中西忠太の喜びようは大したもので、

「妻を亡くしてからは、忠蔵、松造の三人ゆえ、外で食べる方が楽だと思い、いつしかこの店を台所代わりにしていたが、志乃殿のお蔭で、武家の暮らしを忘れいですむ」

と、お辰の気遣いを称えたのである。

奥平家剣術指南役で、それなりの位にある中西忠太である。女中の二人は抱えて当

然というのに、〝生涯修行中の身〟などと言って、息子と老僕の三人で暮らすのは、志乃から見ても信じられないことである。

それを許す殿様も大したものだと見ていたが、彼女にとっては中西家との日々僅かな間の関わりが大きな励みとなっていた。

先頃は、福井兵右衛門という熊のような剣客が日々食べに訪れた。中西道場の留守を任されたとのことであったが、この風変わりな先生にも随分と笑わせてもらった。

慰労の宴には、中西道場の門人六人も加わって、志乃は大忙しであったが、剣士達は皆気遣いの要らぬくだけた若者ばかりで、大いに乙女心を揺らされた。

これまで忠蔵以外の門人達は、〝つたや〟にほとんど顔を見せなかったのだが、兵右衛門慰労の宴以来、ぱらぱらと折を見て食べに来るようになった。

お辰は志乃をそっと捉えて、

「わたしが見たところでは、中西先生のお弟子は皆、志乃さんに気があるんじゃあないですかねえ」

冷やかすように言ったものだ。

言われて悪い気はしなかったが、志乃は決して調子に乗らない。

「女将さん、おかしなことを言わないでください」

顔を赤らめながらも、さらりと返したものだ。

だがお辰は、出戻りの年増女(としまおんな)のいやらしさで、そういう志乃をさらに構いたくなる。

「やっぱりあの中じゃあ、誰よりも頼りになりそうなのは忠蔵さんでしょうねえ」

と、志乃の想いを引き出そうとする。

「そりゃあそうでしょうけど、だからといって、わたしにはまるで関わりのないお人ですから……」

志乃は少し寂しそうに言った。

「そうなんですかねえ……」

お辰は明るく言ったが、余計なことを言ってしまったと悔やんだ。

中西忠太は勝手気儘(きまま)に一武芸者として生きているが、奥平家では百五十石を与えられている立派な武士なのだ。

忠蔵はその嫡男である。父親がまともな武士ならば、日々の食事を町の一膳飯屋でとるような身分の者ではない。

志乃がいくら武家の娘であっても、忠蔵とは住む世界が違うゆえ、惚(ほ)れたはれたと冷やかすべき相手ではなかった。

志乃が心の奥底で忠蔵を慕っていたとしたら、さらに具合が悪い。

しかしお辰もそうして口を噤むなら、もう冷やかすような話はよせばよいのに、こういう時の切り替えが出来ないゆえに困る。

「まあ、忠蔵さんみたいに頼りにはならないかもしれないけれど、あの伊兵衛さんっていう一番若いお人なら志乃さんにお似合いかもねえ」

つい、そんな風に取り繕ってしまうのだ。

そのように言われると、志乃も伊兵衛が気になるというものだ。

自分とは歳が同じくらいであろうか。

商人の息子で、出入りの書役であった今村某という浪人の養子になったらしいから、誰よりも気を遣わずにすむ。

他の五人からは弟のようにかわいがられる、どこか子供っぽい愛敬が、志乃から見ても心地よい。

そんなこんなで、いくらつつましやかな志乃でも、お辰に乗せられてちょっとばかり心が浮き立っているというわけだ。

今彼女は亡父の碁敵であった老人が病に臥せっていると聞いて、老人が住む本銀町へ見舞いに行った帰りであった。

ちょうど日も傾き始めたので、これから〝つたや〟へ向かうつもりである。

於玉ヶ池の方へ抜けようと、堀端にさしかかった時であった。

今村伊兵衛の声がしたような気がした。

お辰がおかしな話をするので、乙女の心にそんな空耳が届いたのかとはにかんだが、

「なんでえなんでえ、やっぱりお前は伊兵衛じゃあねえか……」

その声で、それは現実となった。

志乃は咄嗟に路地に身を寄せて、声がする方へ目を遣った。

伊兵衛を呼ぶ声にはどすが利いていて、ここは引っ込んでいる方がよいだろうという、志乃の分別であった。

堀端には、稽古からの帰りであろうか、小脇差だけを帯びた伊兵衛がいた。

彼の周りには、一見して処の破落戸とわかる、唐桟縞の着物に、芥子玉絞りの手拭いを首にかけ、雪駄をじゃらじゃらといわせる若い男達が四人いた。

「何でえ、お前その恰好はよう。おうそうだったな。お前お武家様になったんだってな」

絡むように話しかけているのは、その中の兄貴格の男であった。

「ああ、剣術を習っているのさ」

伊兵衛は伏し目がちに応えた。

「やっとうを習っているのかい？　こいつは大したもんだ。あの蛙の伊兵衛がよう……」

「先を急いでいるんだ。拓さん、またな……」

伊兵衛は、尚も絡みついてくる男をやり過ごそうとしたが、

「何でえ……、お偉くなったら素通りかい。そりゃあつれなかろうぜ」

「すまないな……」

「またこれを汐によろしく頼むぜ。お前のおやじは、相変わらず物持ちのようだ。たまには一杯おごっておくれな」

〝拓さん〟と呼ばれた男はへらへらと笑うと、他の三人を引き連れて立ち去った。

志乃はほっとしたが、むらむらと怒りが湧いてきた。こんな時はそっとしておくのがよいとはわかっていても、声をかけずにはいられない自分がいた。

「伊兵衛さん……！　何なのです？　あの無礼な人達は？」

気がつけば彼女は、路地を出て伊兵衛に声をかけていた。

七

「奴は拓二郎といって、札付きの悪党さ……」

今村伊兵衛は、志乃と堀端を歩みつつ、恥ずかしそうに言った。

やはり余計な声をかけてしまったかと、志乃はただ黙って聞いている。

拓二郎は鎌倉河岸から大伝馬町界隈をうろつく破落戸で、子供の頃、伊兵衛はよく苛められていた。

木綿問屋の息子ということで、金をたかられたり、悪巧みに付き合わされたり、いつも酷い目に遭わされていたのである。

——いつか大きくなったら仕返しをしてやる。

その想いを胸に、やがて浪人の養子となり剣術に励むようになった伊兵衛であったが、拓二郎はあれこれやらかしていつしかこの界隈からいなくなっていた。

ところが、近頃ほとぼりが冷めて舞い戻ったようで、気にかけていたところ今日遂に出会ってしまったのだ。

「喧嘩にならぬかと、はらはらしておりました……」

志乃は、あんな連中はやっつけてしまえばよかったのだという想いを込めて言った。

「ははは、まったく情けないところを見られたものだ」

伊兵衛は溜息交りに言った。

「おれも今では中西道場の門人だ。あんな奴、あの場で殴り倒してやりたかったよ。

だが、先生から喧嘩口論一切まかりならぬと、きつく言われていて、そこは堪えたんだ……」

中西忠太は、この日の稽古終りに弟子達を前に、仕合までの間は身を律するよう命じた。

不祥事をしでかすと、仕合そのものが出来なくなるかもしれない。そうなれば、これまでの努力も水の泡だと言うのだ。

先日の魚河岸の連中との喧嘩は、自分達に非はないと思うが、世間はどのように捉えるかわからないものだ。

これまでも何かと酒井右京亮は、中西道場に嫌がらせをしてきた。それを思うと隙は見せられまいと、門人達六人も思った。

有田十兵衛が訪ねてきたのには、何か意味があるのかもしれない。

その上での喧嘩禁止令となれば、気をつけねば、自分が皆の足を引っ張ることになる。

「さっさと大人しく帰ろうぜ」

それを合言葉に、今日は門人達で寄り道もせずに帰って来たのだ。

近所の平井大蔵は、帰りに父・光沢の遣いの用があるとのことで、別々に帰ったのが、よかったのか悪かったのか——。

「大蔵さんが一緒なら、怒って喧嘩になっていたかもしれませんね……」

志乃は話を聞いて感じ入った。

「伊兵衛さんは、よく辛抱なさいましたね。偉いと思います」

伊兵衛はしかし苦笑いを浮かべて、

「だが志乃殿、本当のところを言うと、おれは今でも拓二郎を恐れているのかもしれない。相手は四人いたし、おれには仲間の皆がいないときている……」

自嘲気味に言った。

拓二郎は伊兵衛より三つ四つ歳上で、かなり凶暴な男である。子供の頃にいたぶられた恐怖は未だに残っていた。

「それに……」

「それに……何です？」

「あ、いや、とにかくあんな奴は相手にしなければよいのだ。気にしないでくだされ。それから、他の皆にはくれぐれも内緒にしてもらいたい。また大喧嘩になってもいけないし」

伊兵衛はそのように言い置いて、志乃と別れた。

志乃は決して中西道場の門人達には言わずにおきましょうと固く誓ったが、伊兵衛のどこか思い詰めた様子が気になっていた。

伊兵衛は、とどのつまり自分が他の五人の足を引っ張っているのではないかといつも思っていて、今もその言葉が出そうになったのだ。

強がってはいるが、藤川弥司郎右衛門にも福井兵右衛門にも、まったく為す術もなく破れた。皆も同じだと言うが、自分の負け方が一番不様ではなかったか――。

喧嘩の時も、他の五人が兄のように自分を庇(かば)ってくれるから無事でいるだけで、自分はいつも相弟子達にのっかかっている――。

伊兵衛の心の内は晴れない。

今日は道場に有田十兵衛が来ていて、師・忠太と何やら話していた。

その内容を忠太は話してくれなかったが、忠蔵が気にして聞き耳を立てると、どうやら酒井右京亮組との仕合を取り止(や)めにしたらどうなのだと、小野次郎右衛門忠喜が言い出しているそうな。

「まさか先生がそれを受け入れるはずはない」

門人達は、そのような素振りも見せぬ忠太を見てそう言い合ったが、伊兵衛だけはその時、

――取り止めになればよい。

と、心の内で思っていた。

何故そんな風に思ったのか。自分でもそれが頭にくる。

商人の息子で、何ひとつ取りえのなかった自分が武士の恰好をして、大して強くもないのに剣客を目指している。

拓二郎がからかいたくなる気持ちもわかるのだ。

そもそも自分は何故剣術をしているのか。

父・住蔵が武芸好きで、先祖が武士であったから次男坊の自分を武士にして剣術を習わせんとした。

自分自身、それがおもしろそうだと思った。強くなって自分を見くびっている奴らを見返してやろうとも思った。

しかし、商家に生まれながら商才もなく、頭が切れるわけでもないゆえ、親からそちらの方へ追いやられたと考えられなくもない。

考え過ぎかもしれないが、先ほど拓二郎に絡まれ馬鹿にされた時、情けない自分が心と体の内に蘇(よみがえ)った。

〝蛙の伊兵衛〟と奴は言った。それは蛇(へび)に睨(にら)まれた蛙のごとく、絡まれると何も出来なかったあの頃の自分の姿を言ったものだ。

喧嘩禁止を師から告げられていたとはいえ、そう言われても特に言い返しもせず、自分から争いを避けて別れた。

しかもその様子を、志乃に見られていたとは恥じ入るばかりであった。

若い頃は、ほんの些細なことがきっかけで不調に陥るものだ。

後で思えば、あれはいったい何だったのかと思うことがほとんどであるが、その時の本人にとっては重大なのだ。

まだ十六歳の伊兵衛は、強がって強がって暮らしてきて、ある日自分が途方もなく大それていて恐ろしいことに挑んでいると気付いたのだ。

それが大人になったという証なのだろうが、彼にはまだそういう恐怖に立ち向かう、心の切り替えが出来なかった。

すぐそこに仕合が控えているというのに、その瞬間から今村伊兵衛の剣の冴えは、まったく輝きを失ってしまったのである。

八

中西忠太以下、中西道場の面々は、いよいよ仕合の日を迎え、〝いせや〟を手に板橋の松尾道場に乗り込んだ。

しかし、忠太の気分は重たかった。

先日訪ねた折の松尾史之助の剣術指南に対する想いが、相変わらず忠太にはまるで理解が出来なかった。あれから何度も松尾の身になってものを考えたが、やはりしっくりとこなかった。

それでも矢は放たれたのである。

相手の精神が自分とは違ったとて、弟子達が仕合に勝利して自信に繫がれば何よりではないか。

これは福井兵右衛門の厚意でもあり、考え過ぎは禁物だ。

忠太はそのように自分に言い聞かせたが、突如として今村伊兵衛が調子を崩してしまった。

体の切れが悪く、叱ればますます頼りなげになり、上手くいかなくなる。

忠太は伊兵衛を呼び、何かあったのかと訊（たず）ねてみたが、

「いえ、気負い過ぎて、体が言うことを聞いてくれないようです」

伊兵衛はそんな応えを返すだけで、どうもいけない。

突如として調子が崩れる時は忠太の若い頃にもあった。

伊兵衛はまだ体が大人の仕様に出来上がっていないのであろう。体の成長期に、心と体の動きがちぐはぐになり、若さゆえに悩みますます調子が崩れることもある。

忠太の想いとしては、生きの好い伊兵衛を仕合の先鋒(せんぽう)に持っていきたかったが、今の様子では負担は重かろうと後に回した。

先鋒から大将までは、安川市之助、平井大蔵、新田桂三郎、今村伊兵衛、若杉新右衛門、中西忠蔵とした。

中西道場の六人に対して、松尾道場も六人を揃えてくれた。

勝負は一本。勝ち抜き戦とした。

負けた時点で次の剣士と替る。途絶えた方が負けとなる。

「これでは市之助が六人抜けば、わたし達には回ってこないということになりますね」

忠蔵は不満顔であったが、

「まずそのようなことはあるまい。回ってこぬ者が出てくれれば、その者だけでまた仕合を組んでもらうことにしよう」

忠太はそのように宥(なだ)めたものだ。

門人達も伊兵衛の不調を気にしていた。

仲間想いの彼らは、一人でも暗い表情をしている者がいると士気が上がらないのだ。

「伊兵衛のことを余り気にすると、本人が余計小さくなってしまう。知らぬふりをしておこう」

忠蔵は伊兵衛を除く四人をそっと窘(たしな)めた。

「そうだな。まずおれが景気をつけてやるよ」

先鋒を務める市之助は胸を叩いた。

松尾道場はというと、そんな中西道場よりもはるかに緊張に包まれていた。

仕合を受けたものの、弟子達が思いの外に硬いのが松尾には気に入らぬのであろう。

道場に着いた時から彼は苛々(いらいら)としていた。

自道場での開催の利を生かして、松尾はまず体慣らしに弟子達に稽古をさせたのだが、思ったほどには体がほぐれず、随分と頭にきていたのだ。

「本日はどうぞよしなに……」

入場してきた中西忠太とその一門の様子が、活気に溢れているように思えて、松尾史之助は何から何まで腹立たしいのである。

とはいえ、中西道場の門人の中でも、伊兵衛はやはり表情が暗かった。

市之助は伊兵衛の肩を叩き、

そういえば福井兵右衛門が、この道場には後援する寄合席の旗本がいると言っていた。

忠太は、見所の横に御簾が垂れている小座敷があり、そこに人影を見た。

そっと囁いてやった。

「まあ、お前までは回らねえだろうな」

それによって道場は門人も集まり、ここから役についたりする侍の子弟達もいるから、道場もそれなりに栄えているのだろう。

今日はその旗本が密かに仕合を観に来ているのかもしれなかった。

合同稽古のような仕合にしてもらえるとありがたい。

忠太は松尾道場にはそのように申し入れていたし、松尾もそれに同意していた。

もしも松尾道場の門人達が不様な仕合をするようなことになれば、体裁が悪いと考えたのであろう。

それゆえ、後援者には伝えずに内々で仕合に臨もうとしたものの、旗本はどこからか仕合のことを聞きつけ、

「余も是非見たい」

と言い出したのに違いない。

とはいえその殿様も心得たもので、自分が表に出れば大層な仕儀になってもいかぬと、御簾内からそっと見ることにしたと思われる。

忠太は密かな観戦者については一切問わず、一度だけ御簾へ向かって恭しく一礼してから、

「本日は仕合をしに来たというよりも、剣においてはまだまだ未熟な門人達に、稽古をつけていただくつもりで参ってござる。勝負は時の運、この六人が勝ったとすれば、六人の先行きに力を付けてやったと、思うてやってくだされば幸いに存じまする」

松尾一門に挨拶をした。

心の内では、自分達の勝利を信じていたが、どうも松尾道場は重苦しい気が漂っている。

ここへ来て、後援者が見守る中、仕合をすることに恐れをなしてきたのに違いない。

「勝ち負けなどにはこだわりませせぬぞ」

先日訪れた時は、気取って懐の深さを見せていた松尾史之助であったが、どう見ても勝ち負けに固執しているとしか思えない。

それゆえ忠太は、御簾内の貴人に己が意を伝えんとして口上を述べたのだ。

そして、心身に不調をきたしているかのような今村伊兵衛の心をも落ち着かせよう

としたのであった。

「ならば、いざ！」

行司役を務める松尾師範が稽古場の中央に進み出た。

松尾道場の先鋒は、遠藤勝三郎であった。

松尾門下の俊英（しゅんえい）である勝三郎が、まず二、三人を抜いて、一気に勝負をかけんと考えたのであろう。

市之助と勝三郎は〝いせや〟を手に対峙（たいじ）した。

市之助の全身からは、ほとばしるがごとく気合が出ていた。

思えば、誰よりも仕合に強くなりたいと願っていたのは安川市之助であった。

その想いが空回りして、これまで何度も苦汁をなめた。まず遠藤勝三郎との仕合で、悪い流れを断ち切り、新たに剣士としての一歩を踏み出したい。

市之助の胸の内が痛いほどわかる忠太は、稽古場の端で門人達と居並びつつ、

「気負うでないぞ……！」

思わず市之助に声をかけてしまった。

市之助は、ニヤリとして頷き返す余裕がある。それに対して勝三郎の表情は硬かった。

当然、松尾史之助の表情も険しくなる。

「始めい！」

その号令で二人は間合を詰め合った。

――市之助、やりよるわ。

忠太は口許を綻ばせた。

市之助の剣先は毛筋ほども乱れず、やや低い構えから勝三郎の剣先に迫る。

勝三郎はその圧力に負けて、思わず後退した。これも焦りからであろうか、彼は正直に真後ろへ引いた。

こうなると、日頃の打ち込み稽古が生きてくる。床を大きく踏み鳴らし、市之助は面に出ると見せかけ、また刀を相手の小手に落とし、そこから突きを入れる。

堪らず勝三郎は、市之助の剣先を打ち払い、右へ回り込もうとしたが、市之助は払われた刀を下からすくい上げるようにして、払うことで浮く勝三郎の小手を、

「えいッ！」

と打った。

それは見事に小手を捉え、市之助はそのまま左へ体を移しつつ、勝三郎の逆胴を斬った。

巧みな二段打ちである。

「うッ」

と腹を押さえる勝三郎の姿に、稽古場の内は水を打ったかのような静けさに包まれたが、鮮やかな市之助の勝利にやがて一斉に吐息がもれた。

市之助は喜びを嚙みしめつつ、胴を打たれた衝撃に息を詰まらせる勝三郎に一礼をして歩み寄ろうとしたのだが、

「たわけ者めが！　見苦しき奴め、早う下がらぬか！」

松尾の叱責が響き渡り、手にした扇で勝三郎の頭を打ち据え、さらに蹴とばした。

勝三郎はたたらを踏んで稽古場の壁に体を打ちつけ、そのまま崩れ落ちた。

「おのれの顔など二度と見とうないわ！　次！」

松尾は次の剣士を呼んだが、その剣士が市之助に対峙する前に、中西忠太が立ち上がり、

「待たれよ！　こ度の仕合は勝ち負けにこだわらず、稽古を共にするつもりで行うと確かめ合うたはずにござるぞ」

松尾を真っ直ぐに見ていた。

「それがいかがいたした？」

　松尾は険しい表情で忠太を見返した。忠太の言う通りであるが、弟子の不甲斐なさに、彼は怒り心頭に発していて理性を失っていた。

「いかがいたした？　今貴殿がいたしたことは、正々堂々と立合い、たまさか相手に技を決められただけの剣士にとる仕打ではござるまい！　仕合の後相手に礼もさせず、あろうことか罵詈雑言（ばりぞうごん）を浴びせ、これを足蹴（あしげ）にする……、それが剣術師範のとるべき行いでござろうか。我が弟子まで嘲（あざけ）りを受けたに等しい。まず礼節を改めていただきましょう」

　遂に我慢がならなくなった忠太は、力強い声で松尾史之助に迫った。

「礼節を改めるのはおぬしの方であろう。ここは某の道場じゃ。いらぬ差し出口は控えていただこう」

　こうなると、松尾も御簾内の殿様への面目もあり、後へは引けなかった。

「差し出口ではない！　誰の道場であろうが、無礼、非礼は許されぬ。師たるものは、弟子の未熟は己が指南の不甲斐なさゆえと思うてこそ。満座の前で打擲（ちょうちゃく）し、罵（ののし）る貴殿が腹立たしゅうてならぬ！」

「おのれ、言わせておけばぬけぬけと、この松尾史之助を不甲斐ないと申したな！」

「いかにも申した。何につけても考え違いが甚（はなはだ）しい。真に不甲斐ない師範じゃ」

「おのれまだぬかすか！」

松尾は激昂して、弟子が手にしていた〝いせや〟を奪い、

「いかに不甲斐ないか見せてみよ！」

忠太の顔に〝いせや〟をぴたりと付けた。

「無闇に人に刀を突きつけるでない！」

忠太は一喝するや、市之助が手にしていた〝いせや〟を己が手に取って、松尾の〝いせや〟を下から打ち払った。

軽く振ったと思われた一刀であったが、それは松尾の〝いせや〟を高々と宙にとばしていた。

「う……」

呆然として、〝いせや〟の行方を見失う松尾の頭の上にそれは落下して、彼の頭を叩いた。

「今の貴殿と同じ想いを、遠藤勝三郎殿はしたはずでござる。これまで信じてついてきた己が師によって……」

忠太は、稽古場に立ち竦む松尾史之助には目もくれず、やっと座り直した遠藤勝三郎に向き直り、

「よい仕合でござった。忝し」

立礼をすると、そのまま六人の弟子を引き連れ、松尾道場を出た。

その時になって、忠太は御簾の中の貴人のことを思い出したが、

――それがどうした。こんな道場の後ろ盾になる旗本など、どこかの阿呆よ。

気にも留めず、練塀小路へ立ち去ったのである。

九

「先生、喧嘩口論は一切まかりならぬと仰いましたねえ」

帰りの道中、若杉新右衛門が中西忠太を詰った。

「真に面目ない……」

いくら松尾史之助が酷い男でも、仕合が終ってから怒ればよいものを――。

安川市之助しか仕合が出来なかったのだ。今日の為に、喧嘩口論一切まかりならぬと発令したのであれば、あの日の誓いは何だったのであろう。

弟子達が怒るのも無理はない。

「一人で好い恰好するんだからなあ……」

平井大蔵が呆れ顔で言った。

「いや、好い恰好するつもりではなかったのだ。おれは弟子をあんな風に痛めつける男は許せないのだ」

忠太は言い訳をしたが、門人達とて理不尽に喧嘩をしてきたわけではない。堪え性がなくやり合ってしまうのは同じではないかと弟子達に言われると沈黙した。

七人は黙って来た道を引き返したが、次第におかしくなってきた。

忠太が怒った分だけ、門人達は師から情を傾けられているのだ。他所の門人のことであっても放っておけないのが、中西忠太の身上なのだ。

お蔭で仕合がとんでしまえば弟子達にとっては大迷惑だが、そのように考えるとすべて許せる。

「でも先生、おれは命拾いしました……」

ぽつりと伊兵衛が言った。

今の調子で仕合をしたとて、勝てなかったであろうし、皆の足を引っ張ることになったはずだと、伊兵衛は自嘲気味に告げたのである。

伊兵衛の気うつは深刻である。何と声をかければよいかと一同が戸惑う中、

「先生、喧嘩口論まかりならずというのを、ほんの僅かな間だけなかったことにしてくれませんか……」

忠蔵が、神妙な顔をして言った。

「何だ忠蔵、お前も頭にきている奴がいるのか？」

忠太が目を丸くした。門人達も首を傾げて忠蔵を見た。

「いえ、わたしじゃあなく伊兵衛です」

忠蔵は伊兵衛を見て、

「拓二郎っていう馬鹿野郎、足腰立たぬようにしてやれ」

ニヤリと笑った。

「忠さん……。ひょっとして〝つたや〟で……」

伊兵衛はしかめっ面をした。

「ああ、聞いたよ」

「志乃坊からかい？　言うなと言ったのに」

「いや、女将から聞いたのさ」

「何だそれは……」

志乃はあれから忠蔵とは何度も店で顔を合わせたが、伊兵衛の拓二郎との話は一切しなかった。

しかし、志乃も自分の胸ひとつに収めておくにはあまりにも腹立たしくて、お辰にだけ伊兵衛と拓二郎の一件を話してしまったのだ。

「女将さん、道場の皆にはくれぐれも内緒にしてくださいね」

「わかってますよう。わたしはこう見えて、口の固い女で通ってますからねえ」

となったわけだが、こんな言葉ほどあてにならないものはない。

「若先生……。わたしから聞いたと言わないでくださいね」

お辰はその日の内に忠蔵に耳打ちをしたのである。そして聞かされた忠蔵も、堪え切れずにここで打ち明けたのであった。

「ははは、そいつはあの女将の決り文句だ」

忠太は笑い、伊兵衛は頭を掻(か)いた。

こうなれば隠してはおけない。果して門人達は拓二郎のことを、

「ふざけた野郎だ！」

一斉にこき下ろし、そ奴へのやり切れぬ想いが、このところの伊兵衛の心の迷いを引き起こしたのだと怒り狂った。

「喧嘩口論はあくまでもまかりならぬぞ！　だが、今の話は聞かなかったことにしよう。今村伊兵衛が、絡んできた破落戸から身を守るのは当然のことだ」

忠太はさっさと歩き出した。そして独り言のように、

「大喧嘩にならぬように、そこは策を練るのだな」

と言った。

弟子達からは歓声があがる。

──奴らにも困ったものだが、これで今日のおれのしくじりは、帳消しにしてくれるだろう。

忠太は少しばかりほっとした。

その後ろでは、

「伊兵衛、どうする？　何ならおれが話をつけてこようか」

と、桂三郎が、

「いや、桂三郎は天下の直参の息子だ。おれに任せておけ」

と、新右衛門が早速しゃしゃり出る。

「ちょっと待て、おれは拓二郎を知っているが、奴も乾分（こぶん）を何人も連れているから、下手するとまた、魚河岸の二の舞だぞ」

と、大蔵がそれを制した。

しかし伊兵衛は顔を上げて、

「おれも今日の市さんみたいな仕合をしてみたい。まずその戦いの血祭りに、拓二郎を叩き伏せてやる。乾分が何人いようが、おれ一人でやってやるよ」

拳を突き出した。

やはり一人で思い悩んでいても始まらない。

伊兵衛の体にみるみるうちに力が湧いてきた。

「伊兵衛はそうでなくてはいけない」

忠蔵が嬉しそうに頷いた。

「だが、一人で何人も相手にするとなると、策を立てねばな」

「策か……、どうすれば好いのか……」

「こういう話になると、市之助の出番だな」

五人は大きく頷いて市之助を見た。

「拓二郎ってえのは鎌倉河岸辺りでよたっているんだろ？　そんなら好い考えがあるぜ」

市之助は、皆の期待を裏切らず、ほくそ笑んでみせた。

ふと見ると、中西忠太の姿ははるか前方にあった。

子供の喧嘩に親が出るわけにはいかぬゆえ、そこはお前達でうまくやるがよい。おれは知らぬふりを決めこんでおくよ——。

師の背中はそう語りつつ、どこか寂しそうである。

知らぬふりをしていると言いながら、何も伝えねば拗(す)ねて機嫌が悪い。六人はそこの手当もまた考えねばならないと、首を竦め合うのであった。

十

何ごとも自分一人で決め、物ごとを成さんと肚(はら)を据える。

今村伊兵衛はそれが出来る男になりたいと思っていた。

だがそこへ至るまでには、知識や経験が必要で、それらを得るまでは師や仲間の助けが何よりも大事なのだ。

伊兵衛はそう気付くと、あらゆる迷いが嘘のように消えてなくなった。

――子供の頃からの貸しをきっちりと返してもらおう。

商人の息子らしい思考を胸に、伊兵衛は白旗稲荷(しらはたいなり)前に佇(たたず)んでいた。

松尾道場へ仕合に出かけた翌日。

――奴らも稽古が身につくまい。

中西忠太は仕合を潰(つぶ)してしまった罪滅ぼしに、この日の稽古を取り止めた。

言外に、今村伊兵衛の片を付けてこいと匂(にお)わしてのことだ。

そしてこの日の昼下がり。伊兵衛はここで拓二郎を待ち伏せているのである。

稲荷社の名は、源氏の白旗に由来する。

〝伊勢屋〟の先祖は、伊勢の源氏の出だというから、ちょっとは自分に武運をもたらしてくれるだろうと、対決の場をここに決めた。

拓二郎の動きは昨日の内に、中西道場の五人の力を借りてきっちりと調べた。

奴は本銀町のそば屋を溜（たま）り場にしていて、鎌倉河岸をうろついた後、毎日ここを通るそうな。

中西道場六人衆を甘く見てはいけない。その辺りの道場剣士とはわけが違うのだ。

伊兵衛の体の内に言い知れぬ力が湧いてきた。

半刻（はんとき）（約一時間）も待たぬうちに拓二郎はやって来た。

やはり思った通りだが、乾分も三人連れていた。

伊兵衛は怯（ひる）まない。彼は商家の次男坊ではない。今は地獄の稽古に堪える武士なのだ。

「おう、拓さん、この前はすまなかったな、素通りしちまってよう」

彼は四人の前に立ち塞（ふさ）がった。

「おやおや、こいつは伊兵衛の旦那（だんな）かい……」

拓二郎は薄ら笑いを浮かべて、巨体を揺らしながら伊兵衛に近付いてきた。

「こいつはありがてえや、さっそく一杯おごってくれるのかい……」

そして絡みつくような目を向けてくる。

巨体と不気味な目付と、乾分を従えての脅すような物言い。思えば拓二郎にはそれしかない。いったいこ奴の何を恐れていたのか――。

「そうじゃあねえや。この前言い忘れたことがあったから呼び止めたまでさ」

伊兵衛は拓二郎の目をじっと見た。立合の時の中西忠太の目を思い出すと、こ奴の目は黒豆にしか見えない。

「言い忘れたこと？」

拓二郎は顔を歪めた。伊兵衛の目が、初めて見る鋭さで、思わず気圧されたのが癪に障ったのである。

「何でえ、その言い忘れたってことはよう」

「二度とおれの前にその面ァ見せるな……、てことよ……」

「何だとこの野郎……」

拓二郎の顔色を読んで、乾分の一人が伊兵衛の利き腕を取ろうとした。

「ざこは引っ込んでやがれ！」

伊兵衛はそ奴の手を外すと、いきなり顔面に新田桂三郎直伝の飛び蹴りをくらわせた。

一撃で伸びた乾分を見て、拓二郎は怒りで体を震わせた。

「手前……！」

そして残る二人とで摑みかからんとした、その時であった。

「おう、お前は拓二郎じゃあねえかい」

精悍な顔付きをした、二十歳過ぎの勇み肌が現れて声をかけた。

「こ、こいつは荒政の兄ィ……」

男は鎌倉河岸界隈で水夫を束ねる親方の倅・政五郎。喧嘩が滅法強く、男伊達の荒政として通っていた。

「お前に兄ィと呼ばれる筋合はねえや」

政五郎は、自分に愛敬をふりまく拓二郎を冷たく制すると、

「で、何をやってやがる？」

「いえ、この野郎が喧嘩を売ってきやがったんでその……」

「喧嘩を売ってきた？　何だ、伊ィさんかい」

政五郎は伊兵衛を見て頰笑んだ。

伊兵衛もにこりと頬笑み返す。

「兄ィ、知っているのかい……」

拓二郎は怪訝な顔をした。

「おれが兄弟分の誓いを立てた、強え男のお仲間だあな」

政五郎を担ぎ出したのは安川市之助であった。

以前、浜町河岸で市之助と政五郎は、意地の張り合いから大喧嘩となり、互いに相手の気風に惹かれて、

「おれの兄貴分になっておくれよ」

歳下の市之助の方からそう言って、政五郎もそういう愛敬のある市之助が気に入って、契りを交したのである。

「だが、おれの兄弟は立派にやっとうの修行をする身だ。おれなんぞが無闇に近付いちゃあいけねえと、日頃は滅多に会っちゃあいねえのさ」

「そ、そうなのかい……」

「伊ィさんよう、この拓二郎がどうかしたのかい」

「ああ、荒政の兄さん、この野郎には子供の頃から頭にきていたので、ぶちのめしてやろうと思ってねえ」

「ははは、そいつはいいや。そんならおれが立合うから思う存分おやりな」

政五郎はそう告げると、拓二郎の乾分を、

「おう、手前らがいると目立って仕方がねえや、その伸びてる野郎を連れて、どこかへ失しゃあがれ！」

と、脅しつけた。

「へ、へい……！」

荒政に睨まれては言うことを聞くしかない。

乾分二人は一人を抱えて消え去った。

「これは忝い……」

伊兵衛は政五郎に深々と一礼をすると、

「拓二郎！　ついて来やがれ……」

伊兵衛は、拓二郎に啖呵を切ると、人目に立たない社の裏手へ歩き出した。

拓二郎もこうなれば行くしかない。政五郎に見られているなら、尚さら伊兵衛を叩き伏せてやらねばならないと気合を入れた。

だが、気合で伊兵衛は引けをとらない。

ついて来た拓二郎に向き直るや、

「よし！　片ァつけてやるぜ！」

殴りかかると見せかけて、拓二郎の膝の内側を蹴った。

「うッ……」

これはなかなか応える。動きが鈍くなり前のめりになったところを、今度は飛び蹴りで拓二郎の顔を狙った。

「や、野郎！」

拓二郎も喧嘩には慣れている。太い腕で伊兵衛を払い落した。

しかし、伊兵衛は着地するや体勢を立て直して、拓二郎の左へ回り込み、横腹に拳をめり込ませた。さらに前後左右を自在に動き回り、的確に拓二郎の体中に打撃を加えた。

「て、手前……、おれをなめるな！」

少しくらい殴られても痛くもかゆくもないとばかりに、拓二郎は伊兵衛を殴らんとするが、どれも大振りで容易く見切られてしまう。

力は強くて凶暴でも、拓二郎には伊兵衛ほどの体力はない。

打撃の痛みより、体の息があがるのに堪えられなくなっていく。

伊兵衛は冷静に、相手の攻めが途切れたところに打撃を加える。

「こら拓二郎！　手前はどうした？　前みてえにおれをいたぶってみやがれ！」

やがてふらふらになってきた拓二郎を、伊兵衛はここぞとばかりに攻め立てた。

素早さと連続打ちが身上の今村伊兵衛である。竹刀を拳に置き換えて、息が続く限り殴り続けた。

祠(ほこら)の陰から楽しそうに見つめる政五郎は、

「こいつは威勢の好い男だねえ……」

呟(つぶや)くように言った。

「荒政の兄さん、すまなかったね」

応えたのは安川市之助であった。他にも、中西忠蔵、新田桂三郎、若杉新右衛門、平井大蔵がそっと決闘を見ていた。

「いや、市さん、久しぶりに楽しかったよ。お前は好い仲間に囲まれているんだなあ」

政五郎はつくづくと感じ入って、

「あの拓二郎が、この先伊兵衛さんに近寄らねえよう、おれがしっかりと手を打っておくよ。いや、それまでもねえか……」

政五郎が胸を叩いた時、拓二郎は伊兵衛に止(とど)めの一撃をくらって、勢いよく地面に倒れ、伸びていた。

十一

さすがは毎日のように町々で暴れ廻った安川市之助である。

拓二郎のごとき破落戸は、意のままにしてのけるだけの力を持っていた。

「何の自慢にもならねえよ……」

恥ずかしそうにする市之助と、見事に宿敵・拓二郎を圧倒的な勢いで倒した伊兵衛を囲んで、六人は颯爽（さっそう）と町を行く。

これほどまでに皆から大事に思われ、友情を傾けられるのなら、あれこれ弱音を吐いている場合ではない。

今や、いつもやり込められていた拓二郎を喧嘩で負かすことの出来る自分なのだ。

他の五人の足を引っ張るはずはない。

「さて、どこかで祝杯をあげるか」

忠蔵が言った。

世話になった政五郎を誘ったが、

「いや、わっしは今日、たまさか通りかかっただけのこと……。また、折を見て付合ってやっておくんなせえ」

政五郎は、こんな日につるんでいると芝居がばれてしまいそうだと言って、再会を誓い立ち去った。

そのいなせな後ろ姿を見送りながら、

「どこまでも恰好の好い男伊達だねえ」

大蔵は嘆息し、皆もこれに倣ったものだ。

「ここはやはり〝つたや〟だな」

新右衛門が言った。お辰と志乃に、すっかりとけりがついたと報せておくべきだというのだ。

それが好いとまとまりかけたが、

「まずその前に、先生に会いに行っておいた方がいいと思うがなあ……」

市之助が言った。

それもそうだと五人は笑い合った。報せに行ったとて、

「お前らが喧嘩に強いのはわかっている。わざわざ報せに来ることか……」

などと言うのに決まっているが、言わねばそれはそれで機嫌が悪くなるのもわかっている。忠蔵は市之助の気遣いが嬉しくて、

「真に面倒な父ですまぬな」

と、おどけてみせた。

そうして話はまとまり、練塀小路へ行ってみれば、果して忠太は道場にいた。

彼は六人の姿を見ると、

「おお！　来たか！」

開口一番嬉しそうに言った。

やはり忠太も気になって、六人が来るのを待ち受けていたようだ。

――すぐに訪ねてよかった。

六人は胸を撫(な)で下ろしつつ、忠太の前に居並んで、

「先生……」

万事うまくいったと報せんとしたが、忠太は六人の話を聞かずに、

「喜べ！　また仕合に参るぞ！」

と、興奮気味に言ったものだ。

「仕合……」

ぽかんとする六人に、

「お前達が、伊兵衛の喧嘩のけりをつけている間に、松尾殿が参られてのう」

忠太は、忠蔵が道場から出かけてから起こった意外な出来事について語った。

松尾史之助はいきなり訪ねて来たという。

彼には付添の武士がいた。その武士は、四千石の旗本寄合席・北山備後守(きたやまびんごのかみ)の用人であった。

備後守は松尾道場の後援者で、中西道場との仕合をそっと観戦していた。

忠太が御簾内に認めた貴人こそ、備後守であったのだ。

備後守は柳生新陰流(やぎゅうしんかげりゅう)を修めた武芸好きの旗本で、厳格な剣術師範である新神陰一円流・松尾史之助が気に入って、己が道場の出稽古も任せ、これまで合力をしてきた。

松尾は伏せていたが、彼の道場で小野派一刀流の異端児・中西忠太が、その門人を連れて仕合をすると聞き及び、そっと観たところあの騒ぎとなった。

備後守は、安川市之助の仕合ぶりを誉め、勝ち負けにこだわらぬ若者の仕合が続くのを楽しみにしていた。

しかし、松尾師範が弟子の不甲斐なさに激昂し、己が立場も忘れて叱りつけ、足蹴にした。そしてあろうことか仕合相手の中西忠太にそれを詰られ、争いとなり中西道場の面々はその場を引き上げてしまった。

備後守は御簾内から出て、忠太を引き止めたかったが、互いに気が昂(たかぶ)っている時に、密かに見ていた自分が出ていくのも気が引けたゆえ、自らも不始末を詫びる松尾に言葉もかけず屋敷へ引き上げた。

そこで落ち着いて考えると、松尾史之助の熱意はわかるが、道場での振舞は見苦しいものであった。

中西忠太もいささか直情径行が過ぎる。弟子達の前で松尾に恥をかかせたのはいただけぬ。

それでも、中西忠太の言葉は真っ直ぐに心の内に入ってくる。

松尾の弟子を自分の弟子のように扱い、気遣いつつも敬意を持って接していた。

いずれに理があるかは明らかだ。ここは松尾の方から中西に頭を下げて、仕合の続きをさせるべきだと備後守は考えた。

想いがまとまると備後守は松尾史之助を召し、その由を伝えた。

松尾にも異論はなかった。気持ちが落ち着くと、中西忠太を大いに見くびっていた自分の不甲斐なさが悔まれた。ましてや北山備後守に諭されては、その御意に従うしかない。

とはいえ、中西忠太も頑になっているかもしれぬゆえ、北山備後守も再仕合を願うているとの口上を、用人に申し付け同行させたのである。

松尾も、付添の用人も、あの時の中西忠太の恐しい剣幕を見ていた。それゆえ、忠太が武門の意地をかけて門前払いも辞さぬのではないかと緊張を漂わせて道場の門を潜ったのだが、

「いや、これは松尾殿！　先だってはとんだ御無礼を……！」

と、頭を掻きつつ迎えた忠太を見て、引きつったように笑みを繕った。

再仕合の申し出には、

「喜んでお伺いいたしまする。御用人も、わざわざお運び下さらずともよかったものを……」

二つ返事で応え、用人への気遣いまでみせたのには、二人とも口をあんぐりとさせたものだ。

「というわけでな、また仕合だ！　今度は六人戦だ。六番どれも勝つぞ！　伊兵衛、お前はすっきりとした顔をしているが、さぞ暴れてきたのだろうな。町の輩と喧嘩などしよって、本来ならば罰として素振り二千本だが、仕合で奮闘すれば許してやろう。ははは、胸が躍るのう！」

――〝生涯子供〟には敵わない。

六人は、一人で盛り上がる中西忠太をしばしぽかんとして見つめていたが、やがて

沸々（ふつふつ）と込み上げてくる希望に、身動き出来ぬほどの激情を覚えていた。

心身共に調子を崩していた今村伊兵衛への心配など、もう遠い昔のごとき気がする。

伊兵衛自身がそれを忘れ、希望の海を力強く泳いでいた。

「さて、〝つたや〟で景気をつけるか！　あのお喋（しゃべ）りのお辰をからかい、志乃に伊兵衛の武勇を教えてやるがよい！」

忠太の勢いは止まらなかった。

彼の若い頃には、他流仕合などありえぬことであり、色んな道場で己が技を試してみたかった想いが心の内に澱（よど）んでいる。

六人の弟子達の心身に己が精神を宿すことで、中西忠太は若き日に胸に抱いた望みを叶（かな）えんとしていた。

十二

中西道場と松尾道場との再仕合は、四月の末日に執り行われた。

何やら雲行きが怪しく、そろそろ梅雨が到来するのではないかと思われ、その前に済ませておこうということになったのだ。

これまでになく、中西道場の士気は昂（たか）まり、門人六人は皆一様に、己が勝利を疑わなかった。

遠路を歩き板橋へ着く頃には、六人の体はほぐれていた。

まず中西忠太が稽古場の出入り口に座すと、門人六人がこれに倣う。

「松尾先生、門人の方々、過日は仕合の中（ちゅう）に帰ってしまい真に御無礼仕った。今日はまたどうぞよしなに！」

忠太が堂々と露ほども悪びれずに挨拶をすると、稽古場の内がぱっと明るくなった。

さらに忠太は、見所に北山備後守の姿を認めて、

「北山備後守様とお見受けいたしまする。初めて御意を得ます、小野派一刀流・中西忠太にござりまする。これは弟子にござりまする。こ度の仕合におきましては、あれこれとありがたき御心遣いを賜り、恐悦至極に存じまする……」

武士として威儀を正し、平伏をした。

そして門人六人もまた、これに倣う。

備後守は五十絡みで、月代（さかやき）を青々と剃（そ）った謹厳な顔付きが、いかにも武芸好きの殿様の風情を醸（かも）している。

「その折は、覗き見などして不調法をいたした。存分に稽古を楽しまれよ」

備後守は多くを語らず、目もとに静かな頬笑みを浮かべている。

「ありがたき幸せに存じまする……」

忠太は畏まると、松尾史之助にひとつ頷いてみせた。

段違いの剣技を身に備えた中西忠太の剣客としての凄みを体得した松尾史之助である。

どこまでも自分を立て、親しげに接してくれる忠太には、

「もう黙って軍門に下るしかない」

という想いであった。

あの福井兵右衛門が、

「中西忠太は末代に名を残す剣客ぞ。一度でも仕合をしておくがよい。おぬしにとっても果報となろうぞ」

そう言ったことを、彼は今しっかりと思い出し、胸の内に噛みしめていた。

「よくぞお越しくださりました……。既に勝敗は決しておりましょうが、敵わぬ仕合の中に新たな剣を学びとうございまする。どうぞよしなに願いまする……」

松尾は殊勝な面持ちで忠太に挨拶を返した。

備後守はそれを満足そうに見ていた。

福井兵右衛門は、初めから松尾道場など中西道場の敵ではないと思っていた。

松尾史之助を〝いけすかぬ男〟と評したものの、それでも忠太に仕合を勧めたのは、勝って自信をつけさせてやろうと思った他に、

「松尾の目を覚ませてやってもらいたい」

という、弟弟子への想いもあったのに違いない。

やがて仕合は粛々と執り行われたが、六人対六人の仕合は——。

今村伊兵衛。

軽快な動きから繰り出す小手打ちで相手を翻弄(ほんろう)し、胴への突きで勝利。

平井大蔵。

開始直後に落差のある小手を決めて勝利。

若杉新右衛門。

慎重な剣先の取り合いから、相手が突きに出るところを引きながら小手に斬り、勝利。

新田桂三郎。

終始遠い間合を守り、長身を生かした飛び込み面を決めて勝利。

安川市之助。

先日同様、小手から逆胴に決めて勝利。

中西忠蔵。

相手の〝いせや〟を叩き落し、ぴたりと喉許に剣先を突きつけて勝利。

中西道場の圧勝に終った。

北山備後守は、にこやかに頷いて、はたと膝を打った。

既に結果を覚悟していた松尾道場は、道具着用での竹刀打ち込み稽古の必要性を体で受け止め、中西道場の剣を素直に称えた。

中西道場の面々は、師範の中西忠太を始め平然として、勝利に酔うことなく、新陰一円流の型を学び、やがて感謝を告げて道場を出た。

しかし、忠太も門人達六人も平静を装ってはいたが、勝利の喜びと、知らず知らずのうちにこれほどまで腕を上げていたのかと気付いた驚きで胸が張り裂けそうになっていた。

それでも恰好はつけねばならぬ。

師弟七人は鼻をふくらませながら、道場の門を出て威厳を保ちつつ、心ここにあらぬまま歩き出した。

何かというと自分の物と他人の物を取り違える癖のある平井大蔵などは、またも自分の足より小さな忠蔵の草履をはいていたが、忠蔵共にそれに気付かぬほどであった。

七人共に駆け出したい想いであるが、御丁寧にも松尾道場の門人達が門口で見送っている。

追分を右へ曲がるまではと、暗黙のうちに整然として歩くつもりであったが、

「卒爾ながら……」

と、数人の武士に呼び止められた。

武士達は、この辺りの下屋敷、抱屋敷に用があって来ていた、何れかの大名の家中の者であろう。

「最前、武者窓越しに立合を拝見仕りましてござるが、いやいや、見事な御手並でござりました」

「御流儀は一刀流とお見受けいたしましたが……」

「何れの道場の方々でござろうか」

彼らは口々に問うてきた。

「これは畏れ入りましてござる」

ここぞとばかり、中西忠太は武士の威厳を見せつけて、

「ええ、我らはその……」

言いかけた時、

「我らは下谷練塀小路・小野派一刀流中西道場の者にござりまする！」

新右衛門が、もっともらしい顔をして応えていた。

「小野派一刀流・中西道場……」

武士達が神妙な表情で問い直すと、

「いかにも！」

市之助が音頭をとって、

「中西道場でござる！」

六人で叫ぶと、御免とばかりに、武士達が見送る中、忠太を促して歩き始めたものだ。

追分の曲がり角はすぐそこであった。

右へ曲がる頃には七人共小走りになっていた。

そうして角を曲がるや七人は、

「やったぞ！」

歓声をあげて駆け出した。

自信に充（み）ちた喜びを味わう術は、今の七人には体を動かすことしかなかったのである。

辺りに建ち並ぶ武家屋敷に出入りする武士達は、何ごとが起こったのかと、きょとんとした目を一斉に向けたが、

「おれ達は勝ったぞ！　おれ達は強いぞ！」

その先頭にいて、泣きそうになっている武士が、小野派一刀流の達人・小野次郎右衛門忠一が高弟・中西忠太であるとは知る由もなかったのである。

本書は、ハルキ文庫（時代小説文庫）の書き下ろしです。

お 13-25

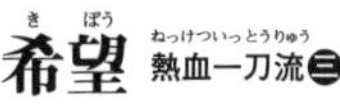

著者 岡本（おかもと）さとる

2020年10月18日第一刷発行

発行者 角川春樹

発行所 株式会社 角川春樹事務所
〒102-0074 東京都千代田区九段南2-1-30 イタリア文化会館

電話 03(3263)5247［編集］ 03(3263)5881［営業］

印刷・製本 中央精版印刷株式会社

フォーマット・デザイン＆シンボルマーク 芦澤泰偉

ISBN978-4-7584-4366-1 C0193

http://www.kadokawaharuki.co.jp/［営業］
fanmail@kadokawaharuki.co.jp［編集］ ご意見・ご感想をお寄せください。